Tatjana Kruse

Pizza, Pasta, Sanddorngrog

LEDA

Tatjana Kruse
Pizza, Pasta, Sanddorngrog
Inselkrimi
1. Auflage 2012

ISBN 978-3-86412-001-5

Leda-Verlag, Kolonistenweg 24, D-26789 Leer
info@leda-verlag.de
www.leda-verlag.de

Lektorat: Heike Gerdes
Titelillustration: Carsten Tiemeßen
Gesamtherstellung: Bercker Graphischer Betrieb GmbH
Printed in Germany

Pizza Pasta Sanddorngrog

Tatjana Kruse

Inselkrimi

LEDA

Tatjana Kruse
stammt mütterlicherseits aus dem hohen Norden, daher ihre Vorliebe für das Meer und die Menschen und den Grog. Väterlicherseits entspringt sie dagegen dem tiefen Süden und so war es nur eine Frage der Zeit, bis Pizza und Pasta und Sanddorngrog zusammenfanden. Wenn sie nicht gerade isst oder Strandspaziergänge macht, schreibt sie Kriminalromane. Mehr unter **www.tatjanakruse.de**

Ugo Canoli
betört die Frauen und fasziniert die Männer. Wenn er nicht gerade betört und fasziniert, frönt er dem Verbrechen. Da Intelligenz jedoch keine seiner starken Seiten ist, wird er geschnappt. Kurzerhand stellt er sich als Kronzeuge zur Verfügung. Woraufhin ihn nicht nur die italienische Mafia, sondern auch die Hongkong-Triaden tot sehen wollen.

Frau Wagenkötter erfährt, dass sie – zusammen mit ihrem Kollegen Karsten Wong – mehrere Wochen lang den Zeugen Ugo Canoli in einem Safehouse beschützen soll, damit er gesund an Körper und Seele vor Gericht gegen die Verbrechersyndikate aussagen kann. Und das an einem Ort, den es auf der Landkarte des organisierten Verbrechens nicht gibt: Juist!

Natürlich macht Ugo ihr das Beschützerleben zur Hölle, weil er nämlich nie tut, was er soll. Südländisches Chaos versus deutsche Gründlichkeit. Ergo: Chaos pur. Wie es eben so ist, wenn Grappa auf Sanddorngrog trifft. Was Frau Wagenkötter noch nicht weiß: Dank Ugo findet sie die Liebe ihres Lebens und lernt tanzen. Ugo weiß eben, was Frauen wollen …

Dramatis Personae

(weder alphabetisch noch chronologisch, sondern in wilder Wahllosigkeit)

Ugo Canoli, Verbrecher (Deckname: Marco Mustermann)

Melisande Wagenkötter, Bundeskriminalamtsagentin (Deckname: Meike Mustermann)

Karsten Wong, Bundeskriminalamtsagent (Deckname: Karsten Wong)

Jürgen Biedenkopf, Bundeskriminalamtskollege

Per Hansen, Leiter der zuständigen Abteilung im Bundeskriminalamt

Satnam, Ferienhausbetreiber, Buddhist

Peggy, Blondine

Pascha, Chihuahua (Dognapping-Name: Fabrizio)

Gunda Herrlacher-Knorr, Juist-Urlauberin

Prof. Dr. Dr. Dr. h.c. Raimundus Weitenbacher, Juist-Urlauber

Pjotr Molotow, Bombenbastler

Geleitwort der Autorin

Danke für Ihr Interesse an meinen Morden, meinen Weisheiten und meinem Rezept für einen echt steifen Inselgrog. Ich hoffe, die Lektüre dieses Buches lässt Sie schmunzeln, unterhält und inspiriert Sie, bringt Sie zum Nachdenken und zum Buchen einer Reise nach Juist, macht Sie erfolgreich und wohlhabend, sportlich und schön. Oder lässt es Sie zumindest nicht bedauern, diesen Krimi gekauft zu haben.

Tatjana Kruse
Die Nase in den Wind haltend, Festland 2012

PS: Allein aus dramaturgischen Gründen herrscht in diesem Buch andauernd schlechtes Wetter auf Juist. Ich persönlich kenne die Insel nur bei Sonnenschein!

Prolog

Der Gummibaum hat auch schon bessere Tage gesehen. Lange macht er es sicher nicht mehr.

Es ist Montagmorgen. Zu fünft sitzen sie im Büro des Chefs. Wochenplanungssitzung mit Einsatzbesprechung.

»Frau Wagenkötter, das ist *Ihre* Chance, sich zu profilieren.«

Kriminaldirektor Per Hansen, Leiter der Abteilung Fahndung des Bundeskriminalamts, spuckt beim Reden. Er stützt sich mit den Fingerknöcheln auf seinem riesigen Mahagonischreibtisch ab. Seine von hinten links nach vorn rechts gekämmten und am Schädeldach mit Superglue-Stylinggel festgeleimten Resthaare hängen ihm tief in die Stirn. Die wässrigblauen Augen funkeln. Da redet sich ein Mann in Feuer.

Hansen ist oberster Zeugenschützer, Koordinator für den Zeugenschutz im ganzen Land, maßgeblich *nicht* mitbeteiligt am bundesweit einheitlichen Zeugenschutz-Harmonisierungsgesetz vom 1. Januar 2002, weil er seinerzeit in der Konzeptphase des Gesetzes eine verschleppte Grippe langwierig auskurieren musste. Das nagt heute noch an ihm.

Er sammelt sich und reckt den rechten Zeigefinger in die Höhe. »So eine Chance kommt so schnell nicht wieder, Frau Wagenkötter. Wenn überhaupt!«

Die Wagenkötter reißt sich nicht um solche Jobs. Die Wagenkötter mag Schreibtischkram, Innendienst mit null Außenkontakt. Bloß nichts mit Menschen. Menschen sind der Feind. Aber beim aktiven Zeugenschutz kommt man um Feindberührung nicht herum. Es gilt ja, den Zeugen zu schützen. Und das ist in zehn von zehn Fällen nun mal ein Mensch.

»Ähm …«, fängt die Wagenkötter an. Sie schaut sich nach ihren Kollegen um. Die starren allesamt den Chef an und rufen telepathisch: »Ich, ich, ich, hier ich, ich, ich, ich.« Profilierungssüchtlinge. Einer wie der andere.

Hansen ignoriert das stumme Gedrängel und haut mit der Faust auf den Tisch. Nicht zu sehr, er hatte an diesem Morgen erst eine umfassende Maniküre und die zarte Männerhaut soll keine Delle bekommen. »Das ist nicht irgendein Zeuge. Wenn dieser Mann auspackt, haben wir die sizilianische Canoli-Familie und die hongkongchinesische Ming-Triade auf einen Schlag deutschlandweit ausgelöscht!« Hansen spuckt beim Reden immer. Aber wenn er erregt ist, spuckt er mehr.

Die Wagenkötter guckt stur geradeaus. Trotz des Spuckeregens.

Auf dem Schreibtisch liegt ein Foto des Zeugen. Der grobkörnige Schnappschuss eines jungen Mannes, der sämtlichen Klischees eines Südländers und Mittelmeeranrainers entspricht: weit geöffnetes Hemd, dicke Goldkette, Macho.

Mit so einem Mann kann die Wagenkötter nicht. Sie kann mit Männern überhaupt nicht, aber mit so einem ganz besonders nicht. Das spürt sie mit jeder Faser ihres Seins.

Soll doch der Biedenkopf diesen Job übernehmen. Karrieregeiler Depp, der er ist. Der ist immer scharf auf solche Einsätze, zappelt jetzt schon ganz aufgeregt auf seinem Stuhl. Der freut sich bestimmt, die circa acht Wochen bis zum Prozessbeginn mit einem Schwerkriminellem auf engstem Raum auszuharren, irgendwo in Deutschland, an einem abgelegenen Ort, wo weder Sizilianer noch Hongkongchinesen vorbeikommen.

Und da wirft der Biedenkopf auch schon ein: »Also, wenn es Frau Wagenkötter ungelegen kommt, kann ich gern …«

Hansen bringt ihn mit einer Bewegung der manikürten Linken zum Schweigen. Er hat sich aus irgendeinem Grund auf die Wagenkötter eingeschossen.

»Ich will Ihnen nicht verschweigen, dass damit auch ein gewisses Risiko verbunden ist. Sollten die Mafia und die Triade herausfinden, wo wir Sie und Canoli verstecken, wird es haarig. Die wollen den Zeugen tot sehen. Am besten noch in Einzelteilen.« Hansen hebt beide Augenbrauen. Mehrmals. Es sieht so aus, als lasse er sie den Mambo tanzen. »Aber Sie sind ja exzellent ausgebildet, Frau Wagenkötter. Und nicht auf den Kopf gefallen. Außerdem haben wir uns als Safehouse den sichersten Ort in ganz Deutschland ausgesucht. Sicherer geht es gar nicht.» Er holt tief Luft. Dramatische Pausen sind seine Spezialität. »Juist!«

Die Wagenkötter stöhnt hörbar.

Meer verträgt sie nicht. Die endlose Weite bis zum Horizont lässt sie seekrank werden. Auch bei festem Boden unter den Schnürschuhen. Sie ist mehr so der Typ fürs Gebirge. Obwohl sie nicht klettert. Sie hat Höhenangst.

»Im Grunde ist es ein Klacks. Juist hat kein Killer auf der Karte – da sind Sie völlig sicher. Außerdem ist das Terrain überschaubar und verdächtige Gestalten fallen sofort auf. Ich habe den Kollegen Wong vorausgeschickt. Guter Mann, spricht Chinesisch. Falls ein Triadenkiller auftauchen sollte.«

Nicht nur die Wagenkötter, alle denken, dass es egal ist,

ob man Chinesisch spricht, wenn einem ein chinesischer Auftragskiller erst mal so nahe gekommen ist, dass man ihn anreden könnte. Dann ist es nämlich zu spät. Da hat die Handkante des Killers bereits die Schläfe zerbersten lassen. Aber keiner sagt etwas. Hansen ist kein Freund von Widerworten.

Hansen fährt spuckend fort. »Es wird aber kein Triadenkiller auftauchen. Auch kein Mafiamörder. Außer uns hier in diesem Büro weiß niemand, wo genau Sie den Zeugen bis zur Verhandlung schützen werden. Und bei uns sickert nie etwas durch. Es ist noch nie etwas durchgesickert und es wird auch nie etwas durchsickern.«

Da hat er nicht unrecht. Die Wagenkötter vertraut ihren Kollegen, sogar dem Biedenkopf. Sie fürchtet nicht um ihr Leben, sie fürchtet um ihren Alltag. Sie liebt feste Routinen: den grünen Tee mit Kleie-Müsli zum Frühstück, den Mittagsspaziergang und ihren Obstsalatlunch auf einer der Parkbänke im nahe gelegenen Stadtgarten, das tägliche Bügeln ihres Arbeitskostüms (wahlweise Arbeitshosenanzugs), die abendliche Bettlektüre mit einer schönen Tasse heißer Schokolade. Das gerät im Vor-Ort-Einsatz immer alles durcheinander, das hat sie in leidvoller Erfahrung lernen müssen. Dazu die langwierigen Auseinandersetzungen mit dem Zeugen, wie beispielsweise, er solle sich die auffälligen Tätowierungen entfernen lassen – und auffällige Tätowierungen hatten sie alle –, das ständige Auf-der-Hut-Sein, ob der Zeuge in sentimentalen Momenten nicht doch die Telefonnummer seiner letzten Gespielin wählt, das Eingliedern des kriminellen Subjekts in die nichtkriminelle Gesellschaft. Kurzum: Das Leben des Zeugen muss von ihr auf null gestellt werden. Dafür gibt es ihrer Meinung nach nur einen passenden Begriff: ätzend.

»Also, Frau Wagenkötter, was sagen Sie? Übernehmen Sie diesen Auftrag?« Kriminaldirektor Hansen schaut Frau Wagenkötter fest in die Augen. Sein Blick spricht Bände. Wenn sie jetzt Nein sagt, wird sie bis ans Ende ihrer Tage die Reisekostenabrechnungen von Kollege Biedenkopf bearbeiten müssen. Und der pflegt seine Spesen auf Bierdeckel zu notieren und reicht mitunter auch gebrauchte Kondome ein (»Ich habe Horizontalbeweise gesammelt. Immer im Einsatz wie Bond, James Bond. Oder Biedenkopf, Jürgen Biedenkopf.«)

Die Wagenkötter seufzt.

Sie hat keine Chance.

Sie seufzt noch mal.

»Ja, ich übernehme diesen Auftrag.«

Ich bin die Wagenkötter.

1. Akt

Auftritt: Das Böse

Ugo weiß, was Frauen wollen

Der Erstkontakt zwischen Zeuge und Zeugenschützer findet nie im BKA statt, auch nicht in der Wohnung des Zeugen. Man trifft an einem neutralen Ort aufeinander. Im Fall von Ugo Canoli und mir ist dieser neutrale Ort der Hauptbahnhof Hannover, wo wir den Intercity nach Norddeich Mole besteigen werden.

»Frau Wagenkötter, das ist Ugo Canoli.«

Ich sehe einem Mann meiner Größe in die Augen. Nein, nicht in die Augen, auf die geschlossenen Lider.

»Angenehm, Herr Canoli.«

Er öffnet kurz die Augen. »Isse Ugo für dich.« Er stöhnt. »Isse furchtbar früh, Ugo könne noch nicht wach sein so früh. Warum so früh, é?« Schon fallen ihm die Augen wieder zu. Wenn Pferde im Stehen schlafen können, warum dann nicht auch ein Mafioso.

Canoli hat einen üppigen Lockenkopf und Grübchen, auch wenn er nicht lacht. Außerdem hat er eine von diesen Kinnspalten, bei denen man sich als Frau immer fragt, wie er sich darin wohl rasiert. *Das Böse* habe ich mir immer anders vorgestellt.

Aber ich ermahne mich, nie zu vergessen, dass es sich bei Canoli um einen Verbrecher handelt, der mit harten Drogen handelt, Frauen zur Prostitution zwingt und vermutlich auch kleine Hunde tritt.

Alternativ zum Job beim Bundeskriminalamt hätte ich mir auch vorstellen können, Lehrerin zu werden, weil ich immer schon gern Dinge erklärt habe. Auch jetzt. »Wir müssen so früh los, weil sich die Fähre zur Insel

Juist nach den Gezeiten richten muss und nur bei Flut fahren kann. Wenn wir nicht pünktlich um 13 Uhr in Norddeich sind, dann ...«

»Isse zu früh für Ugo. Ugo brauche einen Espresso«, unterbricht mich mein Zeuge.

Zur urwaldbuschigen Brustbehaarung trägt Ugo geflochtene Lederschuhe, eine weite, weiße Leinenhose, ein weißes Hemd und eine schwere Goldkette, an der eine rote Peperoni zu baumeln scheint. Auf meiner mentalen To-Do-Liste notiere ich den Punkt: neue Kleidung. Und zwar unauffällige. Die Haare müssen auch runter.

Ugo springt in den Intercity.

»He!«, rufe ich noch, aber er ist schon im Bistrowagen verschwunden.

»Na dann viel Spaß mit ihm«, sagt einer der beiden uniformierten Kollegen, die Canoli zum Bahnhof gebracht haben.

»Und viel Glück«, sagt der andere und zündet sich – verbotenerweise, da außerhalb der Raucherzone – eine Fluppe an. Ich merke, dass seine Hand zittert, und schiebe es auf die Frühmorgenkälte. »Sie werden Glück brauchen. Viel Glück.«

Ich ignoriere diese kassandrische Weissagung und springe ebenfalls in den ICE. Gleich darauf springe ich wieder hinaus, weil Canolis und meine Reisetaschen noch auf dem Bahnsteig stehen. Was ihnen nicht bekommt, denn einer dieser handtaschengroßen Köter erleichtert sich gerade hoch erhobenen Beines daran. Sein Frauchen zerrt ihn weg, aber zu spät.

Während ich die beiden tropfenden Reisetaschen in den Zug wuchte, meine ich, hinter mir ein »Frei, endlich frei!« zu hören. Als ich mich umdrehe, sind die Kollegen verschwunden.

Ich schlucke kurz.

Bis Juist bin ich jetzt ganz allein für die Sicherheit des Zeugen verantwortlich. Ich und meine Walther PPK hinten im Hosenbund. Werden wir das schaffen? Ich beäuge das junge Ehepaar mit dem juchzenden Baby, das hinter mir in den Zug steigt. Ein Baby. Exzellente Tarnung. Ich starre die drei finster an. Sie halten mich für eine Kinderfeindin und starren böse zurück. Also, die Eltern. Das Baby gluckst.

An der Theke des Bordbistros hole ich Ugo ein. Er hält bereits einen dampfenden Becher in der Hand.

»Cara mia, das sein beste Espresso der Welt. Und Ugo isse sich große Kenner«, sülzt Ugo die Bordbistrokellnerin an, die flammend rote Wangen bekommt. Weil es gar kein Espresso ist, sondern die Maschinenölmischung, die bei der Deutschen Bahn als Kaffee verkauft wird? Oder weil sie es als Bistromaus nicht gewöhnt ist, dass ihr einer nett kommt?

Ich ziehe Ugo an einen der Stehtische.

»Hören Sie, wenn das mit uns klappen soll, dürfen Sie nicht einfach weglaufen. Jeder hier könnte eine Bedrohung sein«, flüstere ich Ugo zu, während ich meinen Blick durch das Bistro schweifen lasse. Meine Rechte tastet in meine Hosenanzugsjacke zum Pfefferspray und zum Taser. Niemand kann sagen, ich käme unvorbereitet.

Das Bordbistro ist allerdings leer. Bis auf die Kellnerin. Die tritt jetzt an unseren Stehtisch und schiebt Ugo einen Teller mit einem Croissant hin. »Geht aufs Haus«, sagt sie und kichert albern. Seine Pheromon-Welle hat sie offenbar volle Breitseite erwischt.

Ugo lächelt, nimmt das Croissant zur Hand und beißt lasziv hinein. Die Kellnerin läuft hummerrot an. Wenn die gleich hinter ihrer Theke kollabiert, kann sie dort meinetwegen liegen bleiben, bis der Zugchef vorbeikommt und sie reanimiert. Ich werde mich nicht um sie kümmern.

Energisch ziehe ich Ugo am Hemdsärmel in den noch leeren Restaurantbereich.

»Du müsse lockerer werden. Isse alles gut«, sagt Ugo und krümelt den Tisch und den Bereich um den Tisch mit Croissantkrümeln voll. Erstaunlicherweise bleibt sein Hemd makellos sauber.

Makellos. Das kann man auch von Ugos Gebiss sagen. Oder von Ugos samtigen Augen, seinen nachtschwarzen Locken, die ihm bis in die Augen fallen, von den Händen. Ein schöner Mann.

Hätte ich seine Akte nicht studiert, ich hätte ihn auf etwa dreißig geschätzt. So weiß ich, er wird in drei Wochen vierzig.

Hätte ich seine Akte nicht gelesen, ich hätte ihn für einen Gigolo gehalten. So weiß ich, er ist der Alleinerbe des Canoli-Imperiums aus Drogen, Menschenhandel, Wirtschaftsbetrug. Enkel des berüchtigten Papa Canoli, der mit weit über achtzig immer noch die Zügel seiner brutalen Mafiabande in den fleckigen Altmännerhänden hält.

Ich zwinge mich, entsprechend kühl zu lächeln. Verbrechern den Garaus zu machen, ist mein Beruf und meine Berufung. Sie wie ein Fabergé-Ei zu hätscheln, steht auf meiner Prioritätenliste nicht ganz oben.

»Wir haben reservierte Sitzplätze in der ersten Klasse. Kommen Sie mit«, erkläre ich streng.

»Ugo dir folge überallhin.« Ugo besitzt doch tatsächlich den Nerv, mir zuzuzwinkern. Er folgt mir allerdings nicht, er geht voraus. Die Reisetaschen lässt er stehen.

»In der ersten Klasse bediene ich auch am Platz«, ruft die Bordbistrokellnerin Ugos entschwindendem Hemdrücken hinterher. Ugo wirft ihr eine Kusshand zu und versprüht dabei Croissantkrümel.

Ich nehme die Reisetaschen zur Hand und folge Ugo. Im Grunde hätte mir in diesem Moment schon alles klar sein müssen.

Die Zugfahrt verläuft ereignislos, aber zweifelsohne nur deshalb, weil Ugo so früh am Tag noch nicht funktioniert, wie er sagt, und daher bis Emden durchschläft. Er hätte noch weitergeschlafen, aber ich bereite mich immer gern rechtzeitig auf den Ausstieg vor, auch und gerade in einem Zug.

»Ugo, aufwachen«, sage ich.

Nichts.

»Ugo!«

Ich könnte ihn mit dem Zeigefinger stupfen, aber während meiner Ausbildung habe ich einmal erlebt, wie mein Instruktor in einer Absteige in Belgrad ein aussagewilliges Mitglied der Serbenmafia aus tiefem Schlummer weckte, und seitdem heißt Horst Kümmel nur noch Ein-Arm-Hotte und dieses Schicksal möchte ich mir dann doch lieber ersparen.

»Will Ihr Freund nicht aufwachen?«, ruft es plötzlich mit brüchiger Stimme von der anderen Seite des Ganges.

Es ist eine grauhaarige Frau mit arthritisch krummen Fingern, vermutlich Ende siebzig, in Twinset und Perlenkette. Sitzt die etwa schon die ganze Zeit dort? Ist mir gar nicht aufgefallen.

Sofort schrillen meine Alarmglocken!

Wenn man beim BKA eines lernt, dann den Fakt, dass Auftragsmörder in allen Farben und Formen daherkommen. Die ganzkörperrasierte, mit Steroiden vollgepumpte Muskelmaschine männlichen Geschlechts ist dabei alles andere als die Regel. Vom afrikanischen Kindersoldaten bis zur südamerikanischen Blasrohrkillerin und der/dem transsexuellen papua-neuguineanischen Giftmischer/in habe ich schon alles erlebt. Also, nicht ich persönlich, aber wenn ich nicht gerade die Reisekostenabrechnungen der Abteilung erstelle, bin ich normalerweise für die Fall-Archivierung zuständig und somit informationstechnisch immer auf dem neuesten Stand.

So eine harmlos wirkende Alte ist besonders verdächtig. Wieso hat sie sich in einem weitgehend leeren Großraumabteil ausgerechnet in Sichtweite zu uns gesetzt? Nur weil der schlafende Ugo wie ein Engel aussieht? Wie ein gefallener Engel zwar, aber ja, wie ein Engel.

Und warum habe ich das nicht gemerkt? Bin ich etwa kurz weggenickt?

Ich funkele sie zur Abschreckung finster an.

Finstere Blicke schrecken die Alte nicht. Wahrscheinlich hat sie im Zweiten Weltkrieg auf der Flucht vor den Russen reihenweise potenzielle Vergewaltiger mit ihren Oberschenkeln zu Tode erwürgt. Oder im Ersten Weltkrieg. Schwer zu schätzen.

»Er scheint mir aber einen sehr tiefen Schlaf zu haben. Soll ich ihn für Sie wecken?«, fragt sie frech, wirft Ugo einen sinnlichen Blick zu und streicht sich mit einem krummen Finger eine graue Locke aus der Stirn. Offenbar wirken Ugos Pheromone auch dann, wenn er im Tiefschlaf liegt. Ginge es nach mir, würde die Libido mit Erreichen des fünfzigsten Lebensjahres zwangsweise per Hormontherapie ausgeschaltet. Sowohl bei Frauen als auch bei Männern. Dann würde es solche Szenen wie diese nicht geben.

Ich baue mich mit verschränkten Armen vor Ugo auf. »Danke, es geht schon«, sage ich und frage zur Ablenkung: »Darf ich Ihnen mit dem Gepäck helfen?«

Sie hat gar kein Gepäck, wie mein wachsames Auge schon längst ausgemacht hat. Wer, bitteschön, reist ohne Gepäck auf eine Insel?

Also gut, wo hat sie ihre Handfeuerwaffe versteckt? Zum anthrazitgrauen Twinset und der doppelreihigen Süßwasserperlenkette trägt sie nur eine schmale, schwarze Clutch, da passt keine Waffe hinein. Wie tötet sie ihre Opfer? Mit einer Drahtschlinge? Ist der riesige Ring an ihrem Finger mit Gift gefüllt?

Im Kampf Frau gegen Greisin rechne ich mir gute Chancen aus, auch wenn ich im Selbstverteidigungskurs immer das Noten-Schlusslicht bildete, erkenntlich an den zahlreichen Hämatomen auf meinem Abschlussfoto.

»Vielen Dank, sehr freundlich von Ihnen, aber ich habe kein Gepäck. Mein Gepäck habe ich von Haustür zu Haustür von der Bahn transportieren lassen. Ein wunderbarer Service, gerade für uns alte Menschen. Ja, es zwickt und zwackt und alles fällt nicht mehr so leicht, aber solange es noch irgend geht, will ich mir meinen Inselurlaub auf gar keinen Fall entgehen lassen. Ich bin schon als Kind immer …«

Sie redet ohne Punkt und Komma weiter, den Blick stur auf Ugo gerichtet, dessen Lippen beim Ausatmen vibrieren wie die eines Südseefisches. Die Alte braucht keine Waffe, die tötet mittels Dauergeplapper.

Ich entspanne mich sichtlich.

Der Schaffner kommt vorbei. »Wir erreichen gleich den Endbahnhof«, sagt er zu uns.

»Die Dame braucht Hilfe beim Aussteigen«, sage ich zu ihm und deute auf die Greisin.

»Aber sehr gern, gnädige Frau.« Der Schaffner ist auch ein hübscher Knabe, wie Ugo, nur in Blond, und die Alte lässt sich – nach einem letzten Blick auf Ugo – willig von ihm zur Tür führen.

Ich hoffe sehr, im Alter nicht jedes Mal zu sabbern, wenn ich einen knackigen, jungen Mann sehe. Ich finde das unappetitlich. Diese Besessenheit vom Sex habe ich ohnehin nie verstanden. Kontrollverlust, Körpersäfteaustausch, Geschlechtskrankheiten. Bäh. Kann ich sehr gut ohne. Im Grunde halte ich mich für asexuell.

Ugo Canoli ruft jedenfalls nichts in mir hervor. Höchstens Unmut, weil ich wegen ihm acht Wochen auf eine Insel verbannt werde. Auf eine Insel! Mir wird schlagartig wieder bewusst, was mir bevorsteht. Ich schlucke schwer.

Der Zugchef macht uns über Lautsprecher darauf aufmerksam, dass wir in Kürze den Endbahnhof Norddeich Mole erreichen. Er dankt uns für die Fahrt mit der Deutschen Bahn und wünscht uns noch einen schönen Tag.

Wie kriege ich jetzt meinen Mafioso wach?

Möglicherweise sind Unmut und Angst nicht die beste Kombination, jedenfalls packe ich meine Reisetasche – und die ist verdammt schwer, weil ich unter anderem auch meinen Acht-Wochen-Müslivorrat dabeihabe, falls es auf der Insel meine Lieblingsmischung nicht gibt – und werfe sie mit Schmackes in Ugos Schritt.

Daraufhin ist er schlagartig hellwach.

Und ich habe noch beide Arme und bleibe auch weiterhin Zwei-Arm-Wagenkötter.

Ziel erreicht.

Mit größten Bedenken steige ich aus dem Zug. Ich weiß nicht, ob ich es schon mit aller gebotenen Nachdrücklichkeit erwähnt habe, aber wenn ich das Meer nur sehe, werde ich seekrank. Doch mein Fuß hat noch nicht ganz den Bahnsteig berührt, da bin ich schon beruhigt: Es schüttet wie aus Kübeln und man sieht das Meer nicht.

»Bellissima«, frohlockt Ugo hinter mir. »Du spüre das Meer? Aaaah, Ugo könne förmlich Meerjungfraue und Riesenkrake rieche. Fantastico!«

Ich rieche nichts.

Ugo springt aus dem Zug und ist binnen Sekunden nass bis auf die Haut. Sein Sixpack ist unter dem Hemd auszumachen, was ich an der Reaktion der Greisin merke. Und der des blonden Schaffners. Sie stehen drei Meter weiter links und starren Ugo an wie hypnotisierte Kaninchen.

»Die Fähre liegt da drüben. Beeilen Sie sich, wir haben nur eine Viertelstunde, dann legt sie ab.« Ich klinge genervt, weil ich genervt bin. Ugo hat seine Reisetasche beim Aus-dem-Zug-Springen zurückgelassen. Er betrachtet mich offenbar als seine Gepäckträgerin. Ich überlege kurz, ob ich seine Tasche nicht einfach zurücklasse und er die nächsten acht Wochen in derselben Unterhose verbringen muss. Was für die meisten

Männer ja keinen Unterschied machen würde. Aber ich entscheide mich dagegen, schließlich muss ich mit ihm zusammenleben.

»Hören Sie? Wir müssen uns beeilen«, belle ich.

Ugo steht mit weit ausgebreiteten Armen auf dem Bahnsteig und ist mit Salzluftatmen beschäftigt. »Ugo vermisse seine Heimat. Heimat isse wichtig!«

Ugo steht den Menschen, die vom Zug zur Fähre eilen, im Weg, aber keiner beschwert sich.

In seiner Akte stand nicht, wo genau er beheimatet war. Auch seine Verbrechen wurden nicht aufgelistet. Das geschah mit Bedacht. Die Zeugenschützer sollen mit einer gewissen Unbefangenheit an ihre Arbeit gehen. Wer riskiert schon für einen Kinderschänder sein Leben?

Weint der Mann jetzt etwa? Doch ja, da kullert etwas über seine unrasierte Wange. Ich entscheide, es für einen Regentropfen zu halten.

Wieso dieser Gefühlsausbruch? Was hat der peitschende Eisregen von Norddeich Mole schon mit der Sonne Siziliens gemeinsam?

Innerlich schüttele ich den Kopf. Große Gefühle sind nicht so meins.

»Auf jetzt, weiter geht's, und zwar pronto«, rufe ich ernüchternd und schiebe ihn in Richtung Fähre.

Auch ich bin mittlerweile klatschnass, denn der Regen – und auch der Wind – wird immer stärker, aber ich trage einen vernünftigen Hosenanzug aus knitterfreiem Jersey-Polyester-Elastan-Gemisch und darum bleiben meine Körperformen mein Geheimnis.

Ugos Po, der an den verlängerten Rücken von Michelangelos David erinnert, modelliert sich unter der weißen Leinenhose bestens heraus. Wir lernen Lektion eins:

Ugo trägt niemals Unterwäsche, das beengt ihn, wie er mir später einmal sagt. Ich hätte also seine Reisetasche ruhig im Zug lassen können.

Lektion zwei: Lass dich nicht vom Hintern eines Mannes hypnotisieren, wenn du ein enges Zeitfenster einzuhalten hast. Diese Lektion hätten die Greisin und der Schaffner beherzigen sollen.

Jedenfalls schaffen wir, also Ugo und ich, es gerade noch so auf die Fähre, bevor sie ablegt, wohingegen die gaffende Greisin die Fähre verpasst und der Schaffner die Abfahrt seines Zuges verschwitzt.

Keine Ahnung, was aus den beiden wurde: Ich habe sie nie wiedergesehen.

Die Fähre der AG Reederei Norden-Frisia von Norddeich Mole nach Juist fährt jeden Tag, den Gott werden lässt. Tapfer tuckert sie voran, schlängelt sich in vielen Kurven durch das Juister Watt und braucht für die sieben Kilometer Nordsee ungefähr eineinhalb Stunden. Die erfahrenen Kapitäne der Reederei schrecken vor ein bisschen Sturm nicht zurück und streichen erst die Segel, wenn die Welt unterzugehen droht.

Wobei sich dem Laien der Unterschied zwischen Sturm und Weltuntergang in diesem Moment nicht unbedingt erschließt. Ich hätte in unserem Fall auf Letzteres getippt, denn Meer und Wind peitschen, aber der Kapitän der Fähre lässt auf die Minute pünktlich ablegen.

»Isse Abenteuer, *é*?«, ruft Ugo begeistert, während sich das Schiff – schon bei der Ausfahrt aus dem Hafen – äußerst bedenklich zur Seite legt.

Möglich, dass ich grün im Gesicht werde.

Die Fähre ist knackevoll. Touristen und Einheimische halten sich auf den ersten Blick die Waage. Die meisten lesen oder essen und unterhalten sich, nur ich schaue mit grünem Gesicht in das ebenso grüne Wasser draußen vor der Scheibe. Es ist kein Bullauge, es ist eine Scheibe. Und sie liegt – vor allem in der beachtlichen Schräglage in den Kurven – definitiv unterhalb der Wasseroberfläche.

Ich muss würgen.

Mein Leben zieht an mir vorbei.

Ereignislose Kindheit, aufstandslose Pubertät, früh zur Polizei, beständig weiterempfohlen worden (manche sagen »wegempfohlen«) und irgendwann beim Bundeskriminalamt gelandet. In den regelmäßigen psychologischen Begutachtungen wird mir mit schöner Regelmäßigkeit eine »zwanghafte« Persönlichkeit attestiert, weil ich einfach gern Ordnung halte und mir hygienische Sauberkeit und reibungslose Abläufe wichtig sind. Alles Spontane und Ungeplante ist mir zutiefst zuwider.

An großen Fällen war ich bislang nie beteiligt. Meine größte Liebe gilt seit meinem fünften Lebensjahr meinen Hamstern. (Meine Eltern schenken mir immer einen neuen, wenn der alte stirbt, und alle nenne ich Emmerich. Hamster sterben ja doch recht zügig weg und ich will mit den Namen nicht durcheinanderkommen.)

Große Lebenspläne hatte ich nie, aber für meine Rente bin ich jetzt schon enorm gut abgesichert. Mit zweiunddreißig. Hm. Und das soll es gewesen sein?

Fieberhaft überlege ich mir, was ich in meinem Leben noch alles machen will. Aber, ehrlich gesagt, mir fällt nichts ein. So, wie es ist, ist es gut.

Ich habe keine Wünsche. Aber Ängste. Was hat Ugo

vorhin am Gleis gesagt? Gibt es in der Nordsee wirklich Riesenkraken?

Die dunklen Fluten scheinen mir durch die dünne Scheibe hämisch entgegenzulachen. Und da ... ist das nicht ein Krakenarm, der sich aus dem Dunkel der Tiefe dem Schiffsbauch entgegenreckt?

Ich würge erneut.

Ugo würgt nicht. Er läuft zur Hochform auf.

»Magnifico!«, ruft er und springt begeistert von der Eckbank auf, in der ich uns platziert habe, weil ich von dort den besten Überblick über den Fahrgastbereich des Schiffes mit seinen vielen Menschen habe.

»Diese Urgewalt von Meer! Ugo isse begeistert.«

Es mag an meiner Weltuntergangsstimmung liegen, aber Ugos Tick, von sich selbst immer in der dritten Person zu reden, nervt. Und wie!

Ich packe Ugos nassen Hemdzipfel und ziehe ihn zurück auf den Sitz.

»Sie dürfen keine Aufmerksamkeit auf sich lenken, hier können überall Spitzel lauern«, sage ich. Ich sage es stockend und merke beim Reden, wie kleine Brocken meines Kleie-Müsli-Frühstücks in falscher Richtung die Speiseröhre hochzuwandern versuchen. Ich hätte vor meinem Aufbruch im Morgengrauen nicht frühstücken sollen. Aber das Frühstück ist die wichtigste Mahlzeit des Tages und ich lasse es niemals aus.

Ich würge erneut.

»Ach, isse doch Unsinn.« Ugo tätschelt mir den Kopf. »Hier isse sich sicher. Ugo spüre das.«

Er springt erneut auf. Ich habe keine Kraft mehr, um ihn am Hemdzipfel festzuhalten. Das anverdaute Kleie-Müsli hat die Mundhöhle erreicht.

Ugo läuft zu der drallen Mundschenkin, die drüben an der Theke Getränke verkauft. War ja klar: Wenn ein Südmann eine Nordblondine erspäht, übernehmen die Hormone. Er flirtet, was das Zeug hält. Und da er Frauen ja schon im Tiefschlaf für sich einnehmen kann, lässt sich leicht vorstellen, was er im wachen Zustand in der Frauenwelt ausrichtet. Besser gesagt: anrichtet. Vermutlich genügt ein Fingerschnippen seinerseits und die Getränkemamsell verlässt Mann und Kind für Ugo. Aber er schnippt nicht. Er lehnt sich nur über die Theke, gurrt irgendwas und lächelt unwiderstehlich.

Ugo flirtet mit allem und jedem. Flirten ist seine Form von zwischenmenschlicher Kommunikation.

Er gibt der Seniorinnengruppe gleich neben der Theke eine Runde Prosecco aus. Die grauen Pantherinnen kichern und erröten und machen auf Kätzchen.

Den Besatzungs-Jungs des Seenotkreuzers *Bernhard Gruben*, die offenbar einen Betriebsausflug machen, gibt Ugo Bier aus. Sie prosten ihm kumpelhaft zu.

Wir lernen: Alle lieben Ugo!

Ich beobachte das Ganze aus blutunterlaufenen Augen.

Schwer schwappt das Meer an die Schiffsscheiben. Ich ziehe mein Handy aus der Hosenanzughosentasche und simse meinen Eltern ein paar letzte Worte. *Vergesst nicht, Emmerich zu füttern. Liebe Grüße vom geheimen Einsatzort, eure Meli.*

Als ich wieder aufschaue, schunkelt Ugo mit den Omas. Sollte eine der Greisinnen jetzt aufspringen, eine Pumpgun aus ihrer Häkeltasche reißen und Ugo umnieten, ist mir das egal. Ich habe mit dem Leben abgeschlossen.

Immer, wenn sich der Kahn besonders schräg legt, jubeln Ugo und seine geriatrischen Gespielinnen auf.

Ich glaube, sie rufen »Hossa!« Aber vielleicht ist es auch kein Ausdruck von schierer Lebenslust unter akuter Bedrohung, sondern eine Hommage an Rex Gildo, denn mich dünkt, es krächzt etwas Schlageriges aus den Lautsprechern. Oder der Kapitän gibt Anweisung, dass Frauen und Kinder die Fähre nunmehr zuerst verlassen sollen. Ich kann das Lautsprecherkrächzen nicht verstehen, denn in meinen Ohren rauscht es.

Die Lebensfreude von Ugo und den Omas ist offenbar so ansteckend wie das Ebola-Virus. Irgendwann rufen doch tatsächlich alle Passagiere (alle bis auf eine, nämlich mich) »Hossa!«, sobald die Getränke überschwappen. Und sie schwappen oft.

Einmal legt sich das Schiff besonders schräg. Jetzt bleibt doch einigen das »Hossa« im Hals stecken. Ich könnte der Schadenfreude frönen, aber mir ist nicht gut.

»Va tutto bene, ragazzi«, ruft Ugo und hüpft auf und ab. Der Mann kann einfach nicht stillstehen. Der hat so viel Energie wie ein Duracell-Häschen. »Unser Capitano wisse, was er tut.« Ugo hebt sein Glas. »Salute!«

»Prost!«, röhrt es aus über hundert Kehlen.

Vier sommersprossige Rucksacktouristinnen wuseln sich von hinten links an Ugo heran und haken sich bei ihm unter.

»Che bella!«, schmettert er. »Was für schöne Frauen seie hier an Bord versammelt. Was wir habe eine Glück, Männer, é?!«

Man könnte meinen, das sei für besagte Frauen einen Tick zu viel und würde den Unmut der im Beisein von Ugo chancenlosen Männer wecken. Aber nein.

Die Frauen gucken allesamt geschmeichelt. Und die Männer gucken stolz.

Ich gucke angewidert, aber auf mich achtet keiner.

Die Überfahrt nach Juist dauert deutlich länger als neunzig Minuten. Mir wird der Begriff der Ewigkeit klar.

Irgendwann kommt Ugo wieder, setzt sich neben mich und beugt sich zu mir. Sein Atem riecht nach Prickelwasser. Und nicht das Billige.

Da er im Zeugenschutzprogramm kein Geld mit sich führen darf, haben ihm entweder die Omas Schampus ausgegeben oder er hat sich der Zechprellerei schuldig gemacht.

»Du sehe nicht gut aus, bella Melisande. Musse du gehen als Erstes zu Galt Noormann, wenn wir komme auf Insel an, und esse Matjesbrötchen. Das helfe dir. Isse immer schlecht, zu reisen auf leeren Magen.«

Erst denke ich, das Gegenteil ist der Fall, wenn ich einen leeren Magen hätte, würde ich jetzt nicht Vollkornkleie wiederkäuen müssen. Dann stutze ich. »Ich denke, Sie waren noch nie auf Juist. Deswegen wurde die Insel doch ausgesucht, weil niemand Sie dort kennt«, zischele ich böse.

»Ware Ugo auch noch nie dort. Habe Ugo gelesen.« Er schiebt mir ein Faltblatt entgegen.

Während ich benommen realisiere, dass es sich um einen Werbe-Flyer handelt, springt Ugo auf und ruft lauthals: »Ugo liebe euch alle! Wir jetzt singe, ja?«

Oh Gott, nein. Alles, nur das nicht.

Ugo steigt auf den Tisch. Mit Schuhen. Keiner protestiert. Er schwingt die Hüften.

»Volare, oh, oh! Cantare, oh, oh, oh, oh …«

»Gerda, das ist ja Al Bano!«, seufzt eine füllige Matrone weiter vorn wohlig.

Die Frau, die Gerda sein muss, sagt nichts, schaut nur

auf die rotierenden Hüften von Ugo, die – ich erwähnte es bereits – in ihrem immer noch klatschnassen Zustand der Fantasie wenig Arbeit überließen. Und er trägt ja keine Unterwäsche.

»*Nel blu dipinto di blu .... Felice di stare lassu ...*«, schmettert Ugo und: »Alle mitsinge!«

»*Volare*«, grölt es gleich darauf aus Hunderten Kehlen. Die Al-Bano-Anhängerin klatscht euphorisch in die Hände, ein versprengter Bayer trommelt im Takt auf seine Krachledernen, ein alter Mann benützt seine dritten Zähne als Kastagnetten. Fast ausnahmslos alle Frauen scharen sich um den hüftschwingenden Ugo und schwingen im Takt mit. Das Schiff geht in noch nie da gewesene Schräglagen – es mag am Sturm liegen oder an den entfesselt schunkelnden Weibern.

Ugo springt vom Tisch und mischt sich unter die Menge. Manchmal nimmt er eine Frau in den Arm und schwenkt sie, dann wieder klopft er einem Mann kameradschaftlich auf den Rücken. Und die ganze Zeit jodelt er sein *Volare*. Falls ein Vertreter der Mafia oder der Triaden an Bord sein sollte, kann er Ugo jetzt mühelos ein Messer zwischen die Rippen rammen und im Getümmel der Leiber könnte man nicht sagen, wer es gewesen ist.

Und ich?

Was soll ich sagen: Es ist mir egal.

Ich stehe abrupt auf und laufe mit ausgefahrenen Ellbogen, die ich der einen oder dem anderen zwischen die Rippen ramme, zur Toilette und übergebe mich.

Es ist doch nicht das Ende der Welt. Auch nicht das Ende

meines irdischen Lebens. Irgendwann legen wir an. Und alles ist wieder gut.

Juist.

Die schönste Sandbank der Welt. Ein Eiland der Glückseligkeit – na ja, vielleicht nicht der Glückseligkeit, aber der Entschleunigung. Die Flut bestimmt das Kommen und Gehen. Hier hat die Zeit noch Zeit.

Alles entspricht haargenau den Bildern, die ich von der Webseite der Insel kenne. Mit einer klitzekleinen Ausnahme.

Es regnet.

Wir lernen: Der Regen kommt hier nicht von oben, sondern von schräg vorn. Vermutlich ist es auch gar kein Regen, sondern vom Wind ausgespucktes Meerwasser.

Jedenfalls werden Ugo und ich einfach nicht trocken.

»Kollege Wong holt uns ab«, sage ich, während wir die Fähre verlassen, kann aber Wong in dem Chaos vor der Anlegestelle nicht ausmachen.

Menschen, die an Bord wollen, Menschen, die von Bord wollen, Menschen, die diese Menschen abholen oder wegbringen, es tobt das Chaos.

Außerdem ist Wong kein großer Mann. Ich habe ihn einmal kurz auf der Weihnachtsfeier des BKA im Hauptquartier in Hannover gesehen. Halbchinese. Voll das Klischee, will heißen, irgendwelche bunten Gürtel in asiatischen Kampfkünsten. Immer Pokerface, verzieht nie eine Miene. Wirklich nie. Buddhagleiche Mega-Gelassenheit (sogar als bei der Bürofeier der Glühwein ausging). Im Zwischenmenschlichen ein Klotz, aber sehr gewissenhaft und ordentlich in seinen Reisekostenabrechnungen.

»Ugo friert«, sagt Ugo und zittert zum Beweis wie Espenlaub.

Mir wäre es nicht unrecht, wenn er sich in seinem nassen Hemd eine Lungenentzündung holt und er die acht Wochen bis zur Gerichtsverhandlung krank im Bett liegt. Dann gibt es wenigstens keine weiteren Schunkelrunden und Showtanzeinlagen an öffentlichen Orten.

Wo bleibt nur Wong?

Und plötzlich ist mir alles klar.

In dem Gewimmel von Menschen und Koffern muss Wong, die große Konstante im Universum, als einzig unbeweglicher Mini-Monolith förmlich ins Auge stechen.

Ich halte also Ausschau nach einem reglosen Fixpunkt und entdecke ihn sofort.

Dreiteiliger dunkler Anzug, Mecki-Haarschnitt, Pokerface. Schiebt gerade sein Handy in die Hosentasche.

»Dort drüben ist mein Kollege«, sage ich und zerre Ugo die Planke oder Gangway oder wie immer das heißen mag hinunter.

Dutzende Frauen jubeln Ugo zu. Manche stecken ihm ihre Visitenkarten oder Bierdeckel mit ihren Telefonnummern ins offene Hemd. Eine Matrone in einem karierten Übergrößenmantel ruft: »Ugo, ich will ein Kind von dir.«

Ich zerre schneller.

»Gott sei Dank«, lauten meine ersten Worte an Wong. »Ich bin mit den Nerven am Ende. Jetzt ins Auto und nichts wie nach Hause.«

»Auto?«, sagt Wong.

»Sogar Ugo wisse, dass Juist isse sich autofrei«, bibbert Ugo.

Der wolkenverhangene Himmel ist düster und man

kann in diesem merkwürdigen Zwielicht nicht wirklich gut sehen und eigentlich optisch gar nichts ausmachen, aber mir scheint doch, dass Ugo totenbleich ist. Womöglich erfüllt sich mein Wunsch nach einer lungenentzündungsinduzierten Ruhepause.

Wong tritt zur Seite. Hinter ihm rückt daraufhin ein Bollerwagen ins Blickfeld. »Für das Gepäck.«

Ugo wuchtet sich hinein.

»He«, sagt Wong. »Raus da. Ich bin nicht ihr Schleppesel.« Er verschränkt die Arme. Die ganze Zeit huscht jedoch sein Blick über die Menschen, die an uns vorbeigehen, ob auch ja kein gedungener Killer darunter ist.

»Ugo kanne unmöglich auch nur noch eine Schritt machen«, erklärt Ugo.

Ich seufze und hole unsere Reisetaschen aus dem Gepäckbereich. Nach akuter Todesgefahr freut man sich viel zu sehr daran, noch am Leben zu sein, als dass man sich daran kratzt, zum unemanzipierten Gepäckesel degradiert zu werden.

Als ich zurückkomme, liefern sich die beiden Jungs mitten im strömenden Regen immer noch einen Wettstreit der Willen. Keiner gibt auch nur einen Millimeter nach. Wong guckt stier, Ugo bleibt mit verschränkten Armen im Bollerwagen sitzen.

Ich bin sooo kurz davor, meinen Zeugen mit seiner eigenen Reisetasche zu erschlagen. Dann lasse ich sie aber doch nur – zugegeben schwungvoll – in seinen Schritt fallen (das muss er ja langsam gewöhnt sein, auch wenn er aufstöhnt), packe den Griff des Bollerwagens und will loslaufen. Doch Bollerwagen mit einem Italiener an Bord sind schwerer, als man denkt. Das muss die fette Goldkette mit der Peperoni um Ugos Hals sein.

»Vielleicht helfen Sie mir mal«, fauche ich Wong an.

Wong bleibt trotz Fauchens die Ruhe selbst. »Das steht nicht in meiner Stellenbeschreibung«, sagt er mit sonorem Timbre. »Außerdem muss ja einer die Hand an der Waffe lassen.« Letzteres flüstert er mir verhalten, aber auch sonor zu.

Ich bin mir sicher, in diesem Moment denkt er noch, mit der Waffe müsse er heißblütige Mafiosi- oder eiskalte Triaden-Killer erschießen und nicht Ugo, diesen Deppen, dem zwei Teenagergirlies gerade bunte Plastikblumen in den Bollerwagen werfen.

»Ugo sage grazie«, ruft Ugo und verteilt flächendeckend Kusshände. Dafür reicht seine Kraft also noch.

Wong versetzt dem Bollerwagen einen Tritt und nachdem der erst mal in Bewegung ist, rollt er dann doch relativ mühelos über den Asphalt und durch Pferdeäpfel.

»Hätten Sie uns keine Kutsche organisieren können?«, frage ich Wong und schaue zu den diversen Gespannen – den privaten und den Inseltaxis – hinüber, während ich inmitten einer Prozession aus Menschen mit Koffern, Rucksäcken und Reisetaschen schwer atmend den Bollerwagen hinter mir herziehe.

Ich werde noch lernen, dass ich das, was ich in diesem Moment höre, von nun an für immer untrennbar mit der Insel verbinden werde: Pferdegetrappel, Möwenkreischen, das Rauschen von Meer und Wind und das rollende »Rrrrrrrr« der Trolleys, die über die töwerländischen Straßen gezogen werden.

»Es ist nicht weit. Gleich dort vorn und dann rechts, eins von den kleinen Häusern in Ortsrandlage. Zugegeben, ein bescheidenes Haus. Aber ich gebe nicht unnötig das Geld des Steuerzahlers aus«, erklärt Wong, während er kraftvoll vorausschreitet. Hin und wieder fällt einer der schmachtenden Jungmädchenblicke auch für ihn ab.

Ich schleppe mich und den Bollerwagen hinterher, leergekotzt, nass bis auf die Knochen, frierend, mit meinem Schicksal hadernd.

Ugo geht es offenbar schon wieder besser. Zumindest seinen Stimmbändern.

Er schmettert *Azurrro*.

»Guckt mal, Adriano Celentano«, ruft es aus einer vorbeifahrenden Kutsche.

Alle winken. Ein Blitzlicht flammt auf. Jemand schießt Fotos.

»Bringen Sie den Mann zum Schweigen, das hier ist kein Vatertagsausflug«, ruft Wong durch den Regen. »Wir dürfen nicht auffallen.«

Der Zug ist abgefahren, denke ich, sage es aber nicht laut. Laut sage ich: »Bringen *Sie* ihn doch zum Schweigen, ich bin hier gerade mit körperlicher Schwerstarbeit beschäftigt.«

Ich glaube, man darf wohl sagen, dass unsere Zusammenarbeit in mehrfacher Hinsicht *nicht* mit eitel Sonnenschein beginnt …

Es ist wirklich nicht weit. Der Weg, der vom Hafen in die Hauptsiedlung führt, biegt schon bald rechts in eine Wohnsiedlung ab. Dort geht es erst geradeaus, dann links, dann rechts, dann ist es eines der kleinen, sehr gepflegten Klinkerhäuschen auf der rechten Seite.

Wong baut sich in der hellblau gestrichenen Haustür auf. »Einen Moment«, sagt er, als Ugo aus dem Bollerwagen klettert und an ihm vorbei ins Trockene laufen will. »Hier.« Er reicht ihm ein – ebenfalls hellblaues – Handtuch.

Ugo schaut verständnislos. »Scusi?«

»Sie kommen hier so nass nicht rein. Das Haus gehört dem Steuerzahler. Trocknen Sie sich gefälligst ab, das gibt sonst Feuchtflecke«, befiehlt Wong und seine schwarzen Knopfaugen huschen über die Straße und die Fenster der angrenzenden Häuser, um nach potenziellen Scharfschützen zu spähen. In seiner Gegenwart fühlt man sich sicher. Und wie ein Grundschüler mit schlechtem Gewissen vor dem Grundschuldirektor.

Weil Ugo immer noch stutzt, wedelt Wong wie ein Torero mit dem Handtuch und wiederholt dezidiert: »Ab-trock-nen! Und Schuhe ausziehen!«

»Aye, aye, mi capitano.« Ugo grinst, salutiert, nimmt das Handtuch und rubbelt sich die nassen Haare trocken. Dann reißt er sich das Hemd vom Körper.

Hinter uns auf der Straße wird gepfiffen. Ich erkenne in den Pfeiferinnen zwei Frauen von der Fähre wieder. Wongs Hand fährt an sein Halfter.

Ugo winkt und wirft wieder Handküsse. »Grazie«, ruft er und tupft im Zeitlupentempo die Regentropfen von seinem durchtrainierten Oberkörper. Möglicherweise starre ich eine Sekunde länger auf Ugos Sixpack als nötig. Als ich aufschaue, sehe ich Wongs erhobene Augenbraue. Sie wölbt sich verächtlich in meine Richtung.

»Ich gehe dann mal rein«, sage ich.

Wong weicht keinen Millimeter. Unverrückbar wie der Fels von Gibraltar. »Keine Ausnahmen.«

Ein zweites Handtuch materialisiert sich. In rosa!

Soll ich mich jetzt schon auf einen Machtkampf einlassen? *Ich* bin die leitende Agentin, das hat Zeugenschutzleiter Hansen ausdrücklich betont. Aber ich bin auch eine sehr nasse leitende Agentin und der Mann hat ja nicht unrecht. Zumal wegen der Budgetkürzungen keine Putzfrau drin ist. Es gilt die Devise: Wer dreckt, putzt. Und ich habe keine Lust, den Feudel zu schwingen, nur um meine aus Trotz entstandenen Matschspuren zu beseitigen. Also schwinge ich lieber das Handtuch.

Während dieser kurzen Interaktion hat Ugo, unbemerkt von uns, seine Hosen fallen lassen. Was der Mann macht, macht er gründlich.

Auf der Straße sammeln sich immer mehr Menschen, vornehmlich weiblichen Geschlechts. Was nicht zuletzt daran liegt, dass Ugo keine Unterwäsche trägt.

»Ugo isse trocken«, ruft Ugo, lässt das Handtuch fallen und betritt das Haus, das ihm für die kommenden acht Wochen als sicherer Hafen dienen soll.

Rufe der Enttäuschung werden laut.

»Die Vorstellung ist vorbei«, lässt Wong die Gafferinnen aller Altersgruppen wissen und: »Die Taschen trocknen Sie aber auch ab, ja?«, sagt er zu mir, als ich weitgehend trocken bin.

Die Menge zerstreut sich. Nur ein einzelner Mann bleibt noch stehen und wartet, ob ich mich auch noch ausziehe.

Was ich nicht tue.

Ich wische über die beiden Reisetaschen. Dann betrete ich mitsamt den Taschen den Flur.

Gleich darauf trete ich wieder hinaus, weil ja jemand die nassen Klamotten von Ugo aufsammeln muss. Und diese Art von Tätigkeit steht ebenfalls nicht in Wongs Stellenbeschreibung. Ich nehme mir fest vor, Wongs Stellenbeschreibung baldmöglichst mit den notwendigen Additionen zu ergänzen.

»Hören Sie mal«, sage ich und baue mich vor Wong

auf, der sich nun seinerseits gleich hinter der Haustür abtrocknet, weil man Probleme ansprechen muss, solange sie noch Maulwurfhügel sind, denn wenn sie sich erst einmal zu Himalayagipfeln entwickelt haben, ist es zu spät und man kommt mit seinem Klappspaten nicht mehr weit. »Nur, dass das klar ist: *Ich* habe hier das Sagen.«

Wong schlüpft aus seinen Budapestern. Die auf Hochglanz poliert sind, wie ich anmerken möchte. Der Mann ist doch zwanghaft. »Aber natürlich«, sagt er, »das stellt auch keiner in Frage.«

Blöd, wenn man heftiges Leugnen erwartet, einem stattdessen aber recht gegeben wird.

»Dann ist ja gut.« Ich nicke, stehe noch einen Moment unschlüssig mit Ugos Klamotten in der Hand herum, überlege, ob ich noch eins draufsetzen soll.

Da kommt Ugo durch den Flur gestürmt. Immer noch nackt.

Ugo atmet schwer.

Wong tastet nach seiner Waffe.

Ich schließe die Haustür.

Mein Gott, was ist jetzt wieder?

»Ugo nicht hier könne wohnen. Isse sich schrecklich. Isse sich nicht Ugos Stil. Da bekomme Ugo Depressionen.«

Wir schauen ihn nur an.

Oder vielleicht schaue auch nur *ich* ihn an: schaue auf diesen bebenden, engelsgleichen Körper, auf die schwarzen Locken, die ihm an der Stirn kleben, auf die Restregentropfen, die in seinen Wimpern funkeln, auf … nun ja, tiefere Regionen. Eigentlich ein Anblick für die Götter. Aber im Grunde nur die hübsche Hülle für eine einzige Gehirnzelle. Und die dreht gerade hohl.

»Ugo könne hier nicht atmen. Isse sich … wie sagt man … viel zu kleinbürgerlich. Ugo müsse hier weg.« Er verschränkt die Arme und guckt trotzig.

»Ugo kann mich mal«, sagt Wong und schubst Ugo den Flur entlang zur Küche.

Womöglich hat Wong auch seine guten Seiten.

Zugegebenermaßen hat Ugo nicht ganz unrecht. Als der Staat diese Butze als Safehouse für Verbrecher ankaufte, dachte er in erster Linie nicht an Wohnkomfort und Ästhetik, sondern an leichte Überwachbarkeit und Kostengünstigkeit. Die Möbel stammen zweifellos von einem Secondhand-Händler, der sie wiederum aus einem Versandhauskatalog hatte, und strahlen biedere Muffigkeit aus und wer immer sie ausgesucht hat, war farbenblind oder geschmacksverwirrt oder beides und insgesamt erinnert die Einrichtung enorm an ein »Vorher«-Foto aus *Schöner Wohnen*, aber Lage und Schnitt des Hauses sind für unsere Zwecke optimal. Selbst jetzt, bei Sturm, kann man im Licht der Straßenbeleuchtung erkennen, wer sich von vorn und von der Seite nähert. Alle Zimmer haben maximal ein Fenster mit schusssicheren Scheiben. Im Keller gibt es einen Panic Room.

Obwohl ich eigentlich nur ins Bett und sterben will, treffen wir uns zehn Minuten später (alle wieder an- beziehungsweise umgezogen und trocken) in der Küche.

Wong bereitet das Abendessen zu. Es gibt Schnittchen.

Ugo sitzt am Tisch und guckt unglücklich. »Ugo fühle sich hier nicht wohl. Kanne hier nicht atme«, wiederholt er und schaut aus großen Welpenaugen zu mir auf.

Der Mann hat einen inneren Radar für das schwächste Glied der Kette.

Ich setze mich zu ihm. Mein Trainingsanzug ist schlicht, aber gebügelt. Meine Haare sind noch feucht. Ich habe ohnehin dünne Haare und wenn die dann auch noch feucht sind, wirkt mein Schädel haarlos und er ist schon mit Haaren nicht besonders attraktiv. Ich weiß das. Ugo weiß das auch. Trotzdem scheint sich in ihm ein Schalter umzulegen und der ganze Mann wechselt in den Flirt-Modus.

»Du Ugo verstehe, ja? Ugo kriege hier einfach keine Luft.« Er legt seine warme Rechte auf meine Hand.

Ich kriege Gänsehaut.

Mir fällt Wongs Augenbraue auf. Sie wölbt sich schon wieder. Vorsichtig entziehe ich Ugo meine Hand.

»Wir müssen ein paar Regeln des Zusammenlebens ausarbeiten«, sage ich, ohne auf Ugo einzugehen.

Ugo sieht sich noch nicht geschlagen. Er rutscht etwas näher an mich heran. Ich atme seinen Duft ein. Herb. Moschusig. Gibt es dieses Wort? Für Ugo müsste es erfunden werden.

Ich schlucke.

Mein offizielles Ich versucht krampfhaft, mein weibliches Ich auszuknocken. Mein weibliches Ich wehrt sich. Nicht viele Männer haben bislang Interesse an mir gezeigt. Das verursacht mir ein Prickeln auf der Haut. Auch wenn ich weiß, dass Ugo mich aus reinem Eigennutz anflirtet.

»Oberstes Gebot«, sage ich schließlich mit krächzender Stimme, »Sie, Herr Canoli, dürfen nicht auffallen. Jemand will Sie tot sehen und wir müssen verhindern, dass er damit Erfolg hat. Verstehen Sie mich?« Ich schaue streng.

Wong konzentriert sich wieder ganz auf die Häppchen. Offenbar gefällt ihm, was ich sage.

Ugo versenkt seine Braunaugen in meine Wässrigblauaugen. »Si. Ugo verstehe schon. Keine Partys, keine Gesang, keine Fröhlichkeit. Etwas in Ugo sterbe gerade.« Seine Schultern sacken ab.

Das »Wozu dann noch leben?« steht unausgesprochen zwischen uns. Ich ignoriere es.

Es gibt ein Leben jenseits von guter Laune und Hossa-Rufen, ein Leben der Pflichterfüllung.

Mein Leben.

Wong tischt auf. Vollkornkastenbrot. Bio-Rollmops. Demeter-Camembert. Gürkchen, allem Anschein nach aus dem Garten vor dem Haus. Hier will uns einer eine gesunde Ernährung aufzwingen.

»Wer will Tee?«, fragt Wong, die Friesenkanne in der Hand.

»Ugo könne das nicht esse. Ugo isse allergisch.«

Wong und ich tauschen wortlos Blicke.

»Allergisch auf Brot und Fisch und Käse?«, fragt Wong.

Ugo nickt. »Isse ganz schlimm. Wenne schon Brot und Fisch, danne nur Toast und Kaviar. Und Ugo trinke dazu nur Champagner, keine Tee.« Ugo schüttelt sich. »Tee isse wie Pipi, warm und gelb und bäh.«

»Ha, ha«, lache ich gekünstelt, denn ich bin ja nicht ganz humorfrei. Und das kann ja nun wirklich nur ein Witz gewesen sein, oder?

Wong und Ugo starren mich an.

»Isse keine Scherz!«, empört sich Ugo.

»Ist lächerlich!«, erklärt Wong. »Sie essen, was auf den Tisch kommt, Herr Canoli. Oder Sie gehen hungrig zu Bett.« Es klingt oft geübt. Ob Wong Kinder hat? Solange wir unsere Füße unter seinen Tisch stellen, haben wir gefälligst zu tun, was er sagt?

Ugo verschränkt die Arme und schiebt die Unterlippe vor. »Ugo isse wichtige Zeuge. Wong wolle wirklich, dass Ugo gehe in Hungerstreik?«

Zu Wong sagt Ugo übrigens nicht »Du nenne mich Ugo«. Mit Männern kann er offenbar nicht. Oder er kann nur nicht mit Wong.

Was ich verstehen kann. Ich bin mir auch noch nicht sicher, ob ich mit Wong kann.

Auffordernd schaut der mich gerade an.

Ich seufze. »Kaviar und Champagner können wir uns nicht leisten«, sage ich.

Wong nickt bestätigend und dreht sich zur Küchentheke um, wo er die Kanne absetzt.

»Brauche Ugo wenigstens Pizza.« Die Welpenaugen werden noch einen Tick größer.

Ich weiß, dass ich manipuliert werde, aber ich bin letzten Endes auch nur eine Frau. »Vielleicht hat um diese Zeit noch eine Tanke geöffnet, wo es eine Fertigpizza gibt«, rutscht es aus mir heraus.

»Oh großer Gott«, ruft Wong von der Küchentheke. »Wir sind auf einer autofreien Insel!«

Den Zusatz *Weib, hirnloses!* denke ich mir dazu. Was nicht schwer ist: Er hängt überdeutlich in der Luft.

»Haben wir denn eine Tiefkühlpizza im Gefrierfach?«, frage ich Wongs Rücken, den er uns demonstrativ zukehrt.

»Nein.«

Ich zucke mit den Schultern. »Na, dann wäre das ja geklärt. Wir müssen essen, was da ist, auch wenn es uns nicht schmeckt. Aber Essen ist ja in erster Linie ohnehin kein Vergnügen, sondern Kraftstoffzufuhr«, sage ich, sehe Ugo dabei aber nicht an.

Wong brüht Kaffee auf. Aus fairem Handel.

Ugo seufzt. Und fischt sich mit den Fingern einen Rollmops aus dem Glas. Ich esse ja zu Hause auch immer aus der Verpackung, wenn auch mit der Gabel, aber morgen werde ich ein Wort mit Wong wechseln zum Thema »Tischdekoration«.

Draußen tobt immer noch der Sturm. Mir scheint, er nimmt an Heftigkeit zu.

Wir essen schweigend.

Das heißt, Wong und ich essen, Ugo nimmt – schon aus Prinzip – nichts weiter zu sich als Kaffee. Und den Rest der Rollmöpse.

Es herrscht Stille. Nur wenn Wong den Teebecher ansetzt, gibt es leise Schlürfgeräusche.

Ich meditiere kauend über der blau-weiß karierten Tischdecke und dem Billiggeschirr mit dem Blumendekor. Nach drei Tassen Tee und zwei Scheiben Brot mit Käse kehren meine Lebensgeister allmählich zurück. Ich werde wieder zuversichtlich. Alles wird gut. Wir werden Ugo am Leben halten, unversehrt zur Verhandlung bringen und danach hoch dekoriert an unsere Schreibtische zurückkehren. Und vielleicht wird die Seeluft meiner leicht unreinen Haut guttun. Unwillkürlich muss ich lächeln.

Ich schaue Wong an, der mechanisch kaut.

Dann Ugo.

Hm.

Ein schöner Mann, auch jetzt noch. Aber waren seine Lippen vorhin schon so schlauchbootartig, als hätte er eine frische Kollageneinspritzung hinter sich? Und wieso sind seine Augen jetzt so blutunterlaufen? Und was soll die Röchelatmung?

»Großer Gott«, entfährt es mir.

Wong schaut auf.

Ugo auch. »Was isse?«

Wong und ich starren unseren Zeugen an.

Vor unseren Augen verwandelt sich Ugo Canoli in eine aufgedunsene Presswurst. Mir fällt das dritte Käsebrot – Meerluft macht hungrig! – aus der Hand.

Wong ist schon aufgesprungen und greift nach dem Handy. Natürlich ist Mr Superagent auf jede Eventualität vorbereitet. Er hat mit einer roten Stecknadel die Rufnummer des Inselarztes an die Pinnwand über dem Küchentisch aufgespießt, zwischen dem Zettel mit den Öffnungszeiten des Meerwasser-Erlebnisbades und einem Gutschein für ein Ostfriesengedeck im *Lütje Teehuus*.

»Was isse?«, will Ugo neuerlich wissen.

Ich schlucke schwer.

»Medizinischer Notfall«, ruft Wong in sein Handy.

Ugo dreht die Butterdose um und schaut in den reflektierenden Metallboden.

Gleich darauf gellt ein Schrei über Juist.

Ein Schrei, den man vermutlich sogar bis Holland gehört hat, aber ganz gewiss bis auf die Nachbarinsel Norderney.

Wenn es auf Juist einen schweren medizinischen Notfall gibt, muss man nicht die Nerven verlieren. Als Luftfrachtpaket wird man in die nächste Klinik befördert. Problemlos. Vorausgesetzt, das Wetter spielt mit.

An diesem Abend spielt das Wetter nicht mit. Im Gegenteil. Nach dem Absetzen des Notrufes legt der Sturm noch einen Zahn zu.

Ugo kriegt unterdessen kaum noch Luft und schnauft erbärmlich. Sein Gesicht nimmt einen unschönen blauen Farbton an.

Der Bereitschaft schiebende Inselarzt kämpft sich furchtlos durch den immer stärker tobenden Sturm und erweist sich als Mediziner mit Migrationshintergrund, will heißen, als Ugander, der auf Juist praktiziert und von den Insulanern offenbar als »Schokodoktor» bezeichnet wird, wie ich später erfahre.

Keine sieben Minuten später ist der Mann bei uns vor Ort und spritzt dem jämmerlich röchelnden Ugo, den wir auf die ausklappbare Wohnzimmercouch gelegt haben, irgendein Anaphylaktikum oder wie das heißt.

Deswegen hasse ich aktive Einsätze – wenn es bei Reisekostenabrechnungen einen Notfall gibt, also mal angenommen, man gießt seinen morgendlichen Früchtetee über eine Taxiquittung, dann ist das ärgerlich, aber nicht lebensbedrohlich. Aber wenn bei einem aktiven Einsatz ein Zeuge etwas isst, das ihn so weit aufbläst, dass ihm die Haut zu platzen droht, dann ist das uncool. Ich will Ugo nicht als Klecks an der Wohnzimmertapete.

Die Minuten verstreichen, ohne dass sich etwas tut.

Der Arzt fühlt Ugos Puls.

Irgendwann lächelt er.

Ugo springt dem Sensenmann noch einmal von der Schippe. Nur dank des Inselarztes, wohlgemerkt, einem geländegängigen Universalisten, der umfassend ausgebildet ist – von Urologie über innere Medizin und Chirurgie bis hin zu Gynäkologie.

»Gleich ist es überstanden«, tröstet der Arzt unseren

Zeugen. »In ein paar Minuten geht es Ihnen wieder besser. Ich muss leider weiter. Eine Hausgeburt. Mit Komplikationen.«

Ugo schnauft schwer. Aber es klingt schon etwas weniger röchelig.

Ich habe Panikachselschweißflecken und mein rechtes Auge zuckt hektisch, wie immer unter Stress.

Nur Wong steht mit unbeweglichem Gesicht daneben. Der Mann ist kein Mensch, sondern eine Maschine.

Er bedankt sich bei dem Arzt und bringt ihn zur Tür.

Ich laufe hinterher. »Er wird doch durchkommen?«, frage ich mit seltsam hoher Stimme. »Es gibt nicht mitten in der Nacht einen Rückfall oder so?«

Ich kann förmlich spüren, wie Wong hinter mir eine Augenbraue hebt.

Der Arzt lächelt breit. »Keine Sorge, es ist halb so schlimm. Manchmal intensiviert sich bei entsprechender psychologischer Einstellung die Symptomlage, wenn Sie wissen, was ich meine«, beruhigt er mich.

Ich weiß nicht, was er meint.

»Canoli ist ein Hypochonder«, erläutert Wong. »Der wurde aus psychosomatischen Gründen zum menschlichen Ballon.«

Ich schnaube, schüttele dem Arzt noch einmal dankbar die Hand, ignoriere Wong und kehre ins Wohnzimmer zurück, wo ich Ugo einen lauwarmen Waschlappen auf die Stirn lege, unschlüssig, ob die aufkeimenden Gefühle wirklich mütterlich sind.

»Das ware knapp für Ugo«, presst Ugo heraus. Alles in allem kann er aber schon wieder freier atmen.

Ich nicke. »Nicht reden. Ruhen Sie sich aus.«

Ich tupfe ihm die Stirn ab.

Wong bleibt ziemlich lange im Flur und als er zurückkommt, sehe ich aus den Augenwinkeln, wie er sein Handy einschiebt. Wen ruft er ständig an? Seine Freundin? Kann so ein emotionsloser Monolith eine Freundin haben? Der hat doch bestimmt nur eine aufblasbare Gummipuppe. Wenn er überhaupt hin und wieder menschliche Regungen verspürt und etwas in den Arm nehmen will.

»Wenn künftig Drittpersonen anwesend sind, müssen wir uns duzen«, erklärt Wong Ugo und mir. »Unsere Agenda besagt, dass wir verwandt sind.« Er verteilt die Kopien dreier handschriftlicher Lebensläufe. Natürlich ist die Handschrift gestochen scharf. Und natürlich ist es die Handschrift von Wong.

»Das ist jetzt vielleicht nicht der richtige Moment ...« Ich nicke in Richtung Ugo.

Wong guckt – wie auch sonst – unbeweglich. »Wieso nicht? Dem geht's doch wieder gut.«

Zugegeben, Ugos Atem klingt wieder normal, seine Lippen sind nicht länger blau und die Haut spannt nicht mehr, als ob sie gleich platzen wolle, aber dennoch.

»Wir müssen das jetzt klären.« Wong bleibt hart.

Ich stehe auf und ziehe ihn in den Flur.

»Hören Sie, das hat nun wirklich Zeit bis morgen früh. Zum Frühstück, versprochen.« Das muss meine weiche Seite sein. So kenne ich mich gar nicht. Eigentlich bin ich eisenhart. Wenn mein Hamster Emmerich niest, setze ich ihn trotzdem ins Laufrad. Aber Ugo möchte ich beschützen, wo immer möglich.

»Je eher, desto besser. Ist meine Meinung.« Wong bleibt unerbittlich. Sein Blick wandert über meine Schulter zu Ugo.

Als Frau in einer Männerwelt muss man sich hin und wieder auf die Hinterbeine stellen und einen Schlussstrich ziehen. Das hier ist so ein Moment.

»Ich bin die leitende Ermittlerin und ich sage …«

»Bella, come sta? Hier isse Ugo. Ugo isse krank. Du müsse puste auf Wehweh … hehe.«

Ich drehe mich um.

Ugo hält ein iPhone in der Hand und plaudert genüsslich hinein.

Mir sackt der Unterkiefer nach unten. Wo kommt dieses verdammte iPhone her? Er hätte doch seine komplette Technik abgeben müssen! Keinerlei Kontakt nach außen heißt auch so viel wie: kein Handy! Kein Facebook! Kein Twitter! Nichts!

Pfeilschnell stürze ich mich auf Ugo, reiße ihm das Smartphone aus der Hand, werfe es zu Boden und trampele wie Rumpelstilzchen darauf herum.

»Wasse du mache da?«, fragt Ugo konsterniert.

»Haben Sie den Verstand verloren? Was genau an der Anweisung KEIN KONTAKT ZU NIEMAND verstehen Sie nicht?« Eigentlich bin ich ein ruhiger Mensch, aber in diesem Fall werde ich laut.

»Isse nur alter Hase von Ugo. Isse harmlos. Heiße Gabi.«

Er betont *Gabi* so, als sei allein der Name Garant für Harmlosigkeit. Da ich aber eine Cousine namens Gabi habe und meine Gabi die Latte für Schwarze Schafe in unserer Familie in neue Rekordhöhen geschraubt hat, weiß ich, dass Gabi für alles Mögliche stehen kann, darunter auch für geldgeile Schlampe, die mit allem schläft, was Hosen trägt. Warum dann nicht auch für geldgeile Verräterin, die Ex-Lover an ein Killerkommando verrät? Eben!

»Wie konnten Sie überhaupt das Handy einschmuggeln? Sie wissen doch, dass Sie Ihr altes Leben komplett aufgeben müssen!«

»Isse nich Ugos Handy.« Ugo zuckt mit den Schultern.

Wong guckt wie immer unbeweglich, obwohl ich allem Anschein nach gerade sein Smartphone, das er nach seinem Flur-Telefonat auf dem Wohnzimmertisch abgelegt hat, in den Parkettimitatboden getreten habe.

Das ist mir jetzt doch ein bisschen unangenehm.

Aber ich gehe in die Offensive.

»Herr Canoli, wenn wir Ihre Sicherheit gewährleisten sollen, dürfen Sie zu keinen Personen aus Ihrem früheren Wirkungskreis Kontakt pflegen, ungeachtet Ihrer Einschätzung derer Gefährlichkeit.«

»Hä?« Ugo schaut verständnislos. Das kann er besonders gut.

»Suchen – Sie – sich – eine – neue – Gabi – hier – auf – der – Insel«, betont Wong dezidiert, als ob er es mit einem geistig zurückgebliebenen Schwerhörigen zu tun hat.

Das hilft.

Ugo strahlt auf. »Ugo verstehe. Gleiche morgen früh Ugo mache sich auf Suche.«

Mein Kopf sackt wie von allein in den Nacken.

Ich habe es ja schon von Anfang an geahnt: Das wird in einer Katastrophe enden!

Ugo lässt die Puppen tanzen

Ich schlafe immer bei weit geöffnetem Fenster. Was ich bis dato nicht wusste: Wenn auf Juist ein Sturm tobt, sollte man das Schlafen bei geöffnetem Fenster tunlichst unterlassen. Ich wache inmitten von Sandkörnern und Blättern auf. Und auf dem Fenstersims sitzt eine Möwe.

Ich brauche einen Moment, um mich zu orientieren. Nein, ich bin nicht in einem Hitchcock-Remake gelandet. Die Möwe fliegt davon, ohne mir die Augen auszupicken.

Ich richte mich auf meine Ellbogen auf. Es muss sieben Uhr dreißig sein, denn ich wache grundsätzlich immer um sieben Uhr dreißig auf. Draußen höre ich den Wind. Und das Meer. Und die kreischenden Möwen.

Wie eine Flutwelle kommt die Erinnerung angerollt. Und es gibt kein Entkommen.

Ugo.

Wong.

Aktiver Einsatz vor Ort.

Ich stöhne laut. Gestern habe ich die erste Nachtwache übernommen, Wong hat mich um zwei Uhr abgelöst. Danach bin ich vor Erschöpfung einfach ins Bett gefallen. Noch geschminkt und im Trainingsanzug. Entsprechend sehe ich jetzt aus. Ebenso mein Kissenbezug.

Wie ich Wong kenne, werde *ich* die Wäsche unserer Sachen übernehmen müssen, denn Reinigungspflichten welcher Art auch immer stehen nicht in seiner Stellenbeschreibung. Die habe ich während meiner Nachtwache durchgelesen.

Ich rieche Kaffee. Und höre von unten eine Männerstimme singen. Nicht schön, aber laut.

Ich kenne den Song. Wie heißt er doch gleich? Ach ja: *Via con me*. In der Originalfassung mit rauchiger Stimme erotisch ins Mikro gehaucht, jetzt voll aufgedreht und atonal aus der Kehle eines Nicht-Sängers.

Mühsam hieve ich mich erst auf die Ellbogen, dann aus dem Bett.

Auf dem Weg zum Fenster komme ich an einem Spiegel vorbei. Mascaraschlieren um die Augen, Knitterfalten von zu langem Liegen auf der linken Wange. Ein Anblick, um Milch zum Gerinnen zu bringen. Oder Kleinkinder zum Schreien.

Ich lehne mich trotzdem weit aus dem Fenster, atme tief die salzige Luft ein und lasse meinen Blick schweifen.

Und werde belohnt. Die Aussicht aus meinem Schlafzimmer ist unverbaut. Wenn ich mich weit hinausbeuge und nach links blicke, schaue ich auf eine grüne Wiese, auf grasende Pferde, die seelenvoll dem Wind trotzen, auf einen Damm und dahinter auf die Stelle, wo eigentlich das tosende, braune Meer mit wilden Schaumkronen sein sollte, aber nur schlickiges Watt zu sehen ist. Ich schließe messerscharf auf Ebbe.

Jedenfalls Natur pur. Schöner kann es eigentlich nicht werden.

»*It's wonderful, it' wonderful, it's wonderful, good luck my babe, chips, chips, du-du-du-du-du*«, schmettert die Männerstimme.

»Hörst du, Rainer, das ist Paolo Conte. Der macht hier auch Urlaub«, freut sich eine Frauenstimme, die aus einem gelben Friesennerz ertönt, auf dem Fußweg rechts von mir, direkt vor dem Haus.

»Quatsch, Minna. Der Paolo Conte würde doch nicht auf Juist urlauben. Der urlaubt auf Capri.«

»Ach, du hast doch keine Ahnung! Ist das Paolo Conte oder nicht?«, fragt die gelbe Friesennerzfrau eine Passantin.

Die Passantin bleibt stehen und lauscht.

»Chips, chips, du-du-du-du«, röhrt Ugo.

»Ja, das ist Paolo Conte«, freut sich die Passantin.

Beide Frauen quietschen. Der Mann grunzt nur. Zwei weitere Personen gesellen sich dazu.

Das ist jetzt blöd. Wir sollen doch keine Aufmerksamkeit erregen.

Die Friesennerzfrau entdeckt mich am Fenster: »Hallo! Hallo, Sie da oben? Ist das Paolo Conte?«

Willkommen in meinem Leben.

Die Männer sitzen am Frühstückstisch. Ugo sieht aus, als wäre nie etwas gewesen. Wieder ganz sein schmales, durchtrainiertes Selbst mit leicht gebräunter Olivenhaut. Er trägt ein weißes Badetuch um die Hüften und sonst nichts. Außer einem Lächeln im Gesicht.

Wong trägt einen Dreiteiler in Anthrazitgrau. Was auch sonst.

»It's wonderful, it's wonderful«, singt Ugo.

»Ugo, Sie müssen leiser sein!«, verlange ich. Aber es liegt der Schmelz der Nachsicht in meiner Stimme.

»Hätten Sie nicht erst das Badezimmer aufsuchen sollen?«, fragt Wong mich zur Begrüßung und nimmt die Ohrstöpsel aus den Ohren. Offenbar weiß er Ugos Gesang nicht zu goutieren.

Wong mustert mich kritisch.

Möglich, dass ich mich vor dem Zubettgehen hätte abschminken sollen. Möglich, dass meine Haare in alle

Richtungen abstehen. Aber wir sind hier nicht bei einem Miss-World-Wettbewerb. Ich bin, wie ich bin.

Ugo hält im Schmettern inne und schaut mich an. »Buon giorno, bellissima! Que bella«, ruft er, steht auf und umarmt mich. Ich spüre mehr, als dass ich sehe, wie ihm das Badetuch von den Hüften gleitet.

Wong räuspert sich und wendet den Blick ab.

Ich werde rot.

Ugo schlingt sich das Badetuch wieder um die Leibesmitte und erklärt dabei: »Melisande könne gar nicht schlecht aussehe. Nur entzückend und noche entzückender.« Er setzt sich wieder.

»Wer ist Melisande?«, fragt Wong und schaufelt sich noch einen Löffel Müsli in den Mund.

Ich bemerke, dass es sich um meinen Kleie-Müsli-Vorrat handelt, aber ich sage nichts, obwohl ich Einzelkind bin und nicht gern teile. Aber die Prioritätenlage ist hier eine andere.

»Ich!«, sage ich, »*ich* bin Melisande. Melisande Wagenkötter!« Ich schaue angeekelt. Nicht, weil er meinen Vornamen nicht kennt, sondern weil in seinem Müsli Rosinen schwimmen. Er hat doch tatsächlich in mein Kleie-Müsli eine Portion Rosinen gekippt. Ich *hasse* Rosinen.

Vor Ugo liegen zwei Scheiben Toastbrot mit Kaviar.

»Wo kommen denn der Toast und die Fischeier her?«, will ich wissen. Es ist acht Uhr früh. Da hat doch noch kein Supermarkt auf.

»Vom Supermarkt«, sagt Wong und als ich auf die Küchenuhr schaue, sehe ich, dass es kurz nach zehn ist.

Verschlafen!

»Und? Was werde Ugo erleben heute?«, fragt Ugo, immer noch im Badetuch-Outfit, als ich keine halbe Stunde später frisch geduscht und meinen zweiten Hosenanzug tragend wieder in die Küche komme.

»Während Frau Wagenkötter frühstückt, werde ich aus mehrfach gegebenem Anlass noch einmal die Bedingungen des Zeugenschutzprogramms mit Ihnen durchgehen, Herr Canoli«, verkündet Wong.

Ugo zieht eine Schnute. Was ihm ausnehmend gut steht.

Ich ziehe auch eine Schnute, weil ich feststellen muss, dass Wong meinen gesamten Kleie-Müsli-Vorrat in eine übergroße Emaildose umgefüllt hat. Das ist an sich löblich, weil das Müsli darin länger frisch bleibt. Aber der Mann hat doch tatsächlich Rosinen daruntergemischt. Fassungslos schmollend starre ich in die Dose, was mir aber im Gegensatz zu Ugo nicht gut zu Gesicht steht, sondern mich nur missmutig aussehen lässt

»Was ist?«, fragt Wong, der offenbar wie ein Chamäleon beide Augäpfel unabhängig voneinander bewegen kann und mit einem mich anstiert, während er mit dem anderen die Agenda liest.

»Rosinen. Sie haben Rosinen hineingetan.« Meine Stimme klingt tonlos. Aber vorwurfsvoll.

»Ja und? Sind Sie allergisch gegen Rosinen?« Da ist sie wieder, Wongs Augenbraue.

Ich darf mir vor Ugo keine Blöße geben. Der schaut interessiert von einem zum anderen und mampft dabei glücklich seinen Kaviartoast.

Man muss dem Zeugen gegenüber immer eine einheitliche Front bilden. Das ist einer dieser Lehrsätze, an die ich mich jetzt wieder erinnere. Also mache ich gute Miene zum bösen Spiel und sage: »Was unsere Versorgungslage angeht, sprechen Sie sich künftig bitte mit mir ab, bevor Sie etwas eigenmächtig in die Hand nehmen, Herr Wong.«

Weil in Wongs Stellenbeschreibung steht, dass er sich seinen Vorgesetzten gegenüber zum Gehorsam verpflichtet, schürzt er zwar die Lippen, sagt aber nichts. Er nickt nur.

Ich nicke auch. Das wäre also geklärt.

Da angesichts der Rosinenlage ein Frühstück für mich nicht drin ist, schenke ich mir nur einen Kaffee ein und lehne mich gegen die Küchentheke.

Wong zieht eine dicke, schwarze Lesebrille aus der Jackeninnentasche und setzt sie auf. Er sieht ein wenig aus wie Michael Caine. Nur mit raspelkurzen, schwarzen Haaren. Und Mandelaugen. Und kleiner und kompakter. Also eigentlich sieht nichts an ihm aus wie Michael Caine, bis auf die Brille. Die dafür sehr.

»Habe ich Ihre ganze Aufmerksamkeit, Herr Canoli?«

Ugo nickt und mampft und zwinkert mir zu.

Ich muss lächeln.

»Sie werden zu keinem Menschen aus Ihrem alten Leben Kontakt aufnehmen, weder fernmündlich noch schriftlich noch bei direkten Begegnungen. Sollte jemand aus Ihrem früheren Bekanntenkreis zu Ihnen Kontakt aufnehmen, werden Sie uns unverzüglich davon in Kenntnis setzen. Sie werden sich weitgehend hier im Haus aufhalten und wenn Sie das Haus verlassen, was Sie selbstverständlich immer nur in Begleitung von Frau Wagenkötter oder mir tun, werden Sie tunlichst darauf achten, nicht aufzufallen. Sie werden ...«

»Ugo isse sich langweilig«, unterbricht Ugo nölend und mit vollem Mund.

Einen kurzen Moment lang habe ich das Gefühl, Wong und ich seien die Eltern eines kleinen Buben im Trotzalter.

Bevor ich Maßnahmen ergreifen kann – Ugo in die Ecke stellen, ihn hundertmal »Ich soll nicht nölen« schreiben lassen, ihm eine Kopfnuss versetzen –, klingelt es an der Haustür.

Ugo springt auf. »Ah, Besuche. Ugo liebe Besuche.«

»Ich erledige das«, sagt Wong und drückt Ugo auf die Küchenbank zurück.

Ugo schmollt, was er erwiesenermaßen besonders gut kann, ist aber gleich darauf schwer entzückt, als ein sichtlich zögernder Wong einen fremden Mann in die Küche führt, der in seiner safrangelben Tunika enorm an Gandhi erinnert, nur mit blonden Haaren.

»Buddha mit euch«, begrüßt uns der Sonderling und wedelt mit einem brennenden Räucherstäbchen.

Ich erfinde das nicht, das ist wirklich so.

Inselbewohner sollen ja auf dem gesamten Globus gewisse Eigenheiten aufweisen, und in diesem Augenblick sehe ich es für mich als gegeben an, dass die Juister von allen Inselmenschen weltweit die absonderlichsten sein müssen.

Das Räucherstäbchen qualmt. In der Küche stinkt es gleich darauf wie direkt neben einem Gewürzstand auf einem Weihnachtsmarkt.

»Ich bin Satnam.« Die Räucherstäbchenrauchwolke vollführt kleine Kringelpurzelbäume.

Wieso lässt Wong diesen Hare-Krishna-Jünger ins Haus?

»Satnam ist unser Nachbar«, erklärt Wong, als ob er meine Gedanken lesen könnte.

Es ist Wong zutiefst unangenehm. Mir ist schon klar, warum ihm das unangenehm ist. Er weiß ganz genau, dass weder Ugo noch ich die von ihm ausgearbeitete Agenda durchgelesen haben.

Ein falsches Wort und wir sind aufgeflogen.

Welche Geschichte hat er Satnam über uns drei erzählt? Drehbuchautoren, die auf der Insel zwei Monate in Klausur sind, um eine neue *Tatort*-Folge zu schreiben? Drei wilde Swinger, die mal acht Wochen lang die Sau rauslassen wollen?

Ugo und Satnam, zwei Männer mit nackten Oberkörpern, erkennen die verwandte Seele im jeweils anderen und strahlen sich an.

»Ich hab total gute Vibrations, was euch angeht«, sagt Satnam, der so ausgezehrt aussieht, wie es nur eingefleischte Veganer können. In mir wird abrupt das Verlangen wach, beherzt in ein blutiges Steak zu beißen.

»Du musst der Marco sein«, sagt Satnam, reicht Ugo die Hand und würdigt Ugos markanten Oberkörper mit dem deutlich definierten Sixpack keines weiteren Blickes. Definitiv nicht schwul. Und offenbar auch als Hetero mehr dem Vergeistigten zugewandt.

»Wer?«, fragt Ugo und guckt verständnislos.

Wong fuchtelt hinter Satnams Rücken mit den Händen.

»Marco Mustermann.« Satnam lacht. »Ehrlich, als Karsten mir das sagte, dachte ich erst, das kann nicht sein Ernst sein. Die Mustermanns? Ernsthaft? Aber die muss es ja auch geben.«

»Welcher Karsten?«, fragt Ugo.

»Ja, das ist Marco«, rufe ich rasch und etwas zu laut und auf gut Glück. »Und ich bin …«

»Die Meike, ich weiß.« Satnam, dem hier offenbar nichts spanisch vorkommt, strahlt. »Ich gratuliere!«

»Wozu?«, fragt Ugo, ohne auf Wong zu achten, der hinter Satnams Rücken mittlerweile so heftig mit den Händen fuchtelt, dass Satnam eigentlich die Luftströmungen spüren muss. Zumal er ja, wie gesagt, nur einen Lendenschurz trägt.

»Na, zur Hochzeit.« Satnam strahlt.

Wong hört mit dem Fuchteln auf und legt Satnam die bis zur Erschöpfung gewedelte rechte Hand auf die Schulter. »Lassen wir die frisch Vermählten doch besser allein.«

Ugo und ich schauen uns an. Ugo lässt die Augenbrauen tanzen. Seine Brauen erinnern mich in diesem Moment an die von meinem Chef, nur dass sie nicht den Mambo tanzen. Eher schon die Tarantella. Ugo steht auf, stellt sich neben mich und legt mir die Hand um die Taille. Er strahlt eine unglaubliche Wärme aus. Seine Hand rutscht auf meinen Po.

Ich lächle dümmlich und lasse es geschehen.

Wong guckt böse. Möglich, dass sich seine Rechte dabei etwas fester in Satnams Schulter krallt, denn Satnam windet sich frei. »Dir auch alles Gute, Meike. Ist doch okay, wenn ich gleich du sage, oder? Wir duzen uns hier alle. Hier auf der Insel sind wir nicht so etepetete.« Satnam drückt mir einen Schmatz auf die Wange. »Das ist Salbei«, sagt er und schwenkt das ziemlich heruntergebrannte Räucherstäbchen noch etwas euphorischer. »Das vertreibt böse Geister und heißt euch hier willkommen. Werdet glücklich!«

Ugo zieht mich noch einen Tick fester an sich. »Ugo sagt danke!«

»Wer?«, fragt Satnam.

»Das ist nur so ein Spruch. Aus einem Werbespot«, werfe ich rasch ein. »Für einen italienischen Espresso.« Ich ramme meinen Ellbogen in Ugos frei liegende Rippenregion.

So ein Knuff macht Ugo aber nichts. »Si, Espresso«, sagt er.

»Aha. Sorry, ich habe kein Fernsehgerät«, erklärt Satnam. »Wegen der Strahlen.«

Gut so. Gerade noch mal die Kurve gekriegt.

»Und natürlich auch viel Glück für euer Projekt.« Satnam lächelt breit.

Ugo und ich schauen fragend zu Wong.

Der sagt nur: »Danke.«

»Es kann hier auf der Insel gar nicht genug Zimmer geben. Juist ist so beliebt wie seit Langem nicht. Der Tourismus blüht«, schwärmt Satnam. »Ich biete übrigens Ayurvedamassage und Tiefenmeditation an. Wenn ihr also mal Stress habt, kommt einfach vorbei.«

Wir nicken alle drei und ich darf behaupten, dass keiner von uns die Absicht hat, jemals zu Satnam zu gehen.

Wong legt Satnam die Hand ins Kreuz und schiebt ihn in Richtung Haustür. »Danke für deinen Besuch.«

»Buddha mit euch!«, ruft Satnam noch und: »Wir sehen uns dann heute Abend beim Treffen der Pensionswirte.«

»Verheiratet!«, sage ich entgeistert, als Wong zurückkommt. Und: »Pensionswirte?«

»Mustermann?«, sagt Ugo, mindestens ebenso entsetzt, eher schon angeekelt, als habe ihm jemand eine

Kakerlake als kleinen Happen zwischendurch offeriert. Er schüttelt den Kopf.

»Du hast den Namen deiner Frau angenommen«, erläutert Wong und setzt Teewasser auf. Ich werde noch lernen, dass Wong in Krisensituationen grundsätzlich auf Tee schwört.

»Ugo würde nie annehme Name von Frau. Das sich sein unmännlich!«

»Ja, ja, willkommen im 21. Jahrhundert«, schmettert Wong ihn ungnädig ab und bindet drei Earl-Grey-Teebeutel mit einem Knoten zusammen, bevor er sie in die getüpfelte Teekanne hängt.

Ich hasse Earl Grey. Wie ich Rosinen hasse. Vielleicht sogar noch mehr.

Wong verschränkt die Arme. »Dies hier ist eine Urlaubsinsel der Kategorie A, Immobilien sind rar und begehrt. Dieses Haus konnte der Mittelsmann der Behörde nur mit der Auflage erstehen, daraus eine Pension zu machen. Aber was soll's? Wir werden die kommenden Wochen hin und wieder Handwerkergeräusche produzieren und damit gut. Der Kontakt zur Inselbevölkerung wird sich auf das absolute Minimum beschränken, ist das klar? Bevor die hier wissen, wie ihnen geschieht, sind wir schon längst wieder weg.«

»Und das Treffen der Pensionswirte?«, frage ich.

»Da schaue ich kurz vorbei, um die Fassade zu wahren. Versteht sich.« Wong gießt das kochende Wasser über die verknoteten Teebeutel.

Ugos Aufmerksamkeitsspanne ist in etwa deckungsgleich mit der einer Fruchtfliege. Missmutig – auch etwas, was ihm extrem gut steht – schaut er auf die Teekanne. »Wann kriege Ugo endlich wieder eine echte

Espresso? Ugo kann nicht funktioniere ohne echte Espresso!«

»Sie hatten doch eben einen sehr starken Filterkaffee zu ihren Fischeiern«, protestiere ich.

Ugo schaut mich an, als hätte ich einem Unfallopfer mit Blutgruppe AB negativ gesagt, es gebe nur noch Konserven der Blutgruppe 0 positiv, aber he, wozu die Aufregung?

Hier ist Ablenkung vonnöten. Ich drehe mich zu Wong, der die Teebeutel aus der Kanne hebt, dabei tropft und die Tropfen sofort mit einem Küchentuch aufwischt. Immerhin weiß er, wie man sich in einer Küche zu benehmen hat.

»Verheiratet?«, frage ich ihn erneut mit strenger Stimme, verschränkten Armen und hochgezogenen Augenbrauen.

Was Wong kann, kann ich auch, nur besser.

»Sie und Canoli sind frischverheiratet. Betonung auf *frisch*. Da fällt es nicht auf, wenn Sie beide noch nicht alles über sich wissen. Sie beide planen, hier auf der Insel eine Ferienpension zu eröffnen. Und ich bin Ihr Bruder.«

»Wesse Bruder?«, fragt Ugo. »Wie könne du Bruder sein? Ugo wundert sich.«

Wong schaut ihn nur an.

»Sie sind mein Bruder und wurden von meinen Eltern adoptiert«, spekuliere ich. Wenn man aus uns dreien schon eine Einheit machen musste, dann war das nicht die schlechteste Version.

Wong nickt. Geräuschvoll schlürft er seinen Tee. Er mag ja asiatisch-gelassen tun, aber die Situation nagt auch an ihm, da bin ich sicher.

»Na schön, dann legen wir jetzt eine Alltagsroutine fest«, sage ich.

»Das habe ich schon erledigt.« Wong klappt eine Ledermappe auf und zieht drei Blatt Papier heraus.

Streber.

Wong räuspert sich. »Unsere Alltagsabläufe stelle ich mir für die kommenden Wochen wie folgt vor ...«

»Alltag? Routine?«, unterbricht Ugo. »Ugo könne nicht mit Routine. Routine bringe Ugo um. Ugo brauche Spontaneität!«

»Wir ketten Sie ja nicht an die Zentralheizung«, sage ich, auch wenn ich mir da gar nicht so sicher bin. »Aber wir müssen uns darüber einig sein, wie wir unseren Aufenthalt hier so unauffällig wie möglich gestalten. Wer kauft ein, wer bringt den Müll raus, all diese Dinge müssen geklärt werden«, erläutere ich Ugo. Langsam identifiziere ich meine Gefühle für ihn als nicht ausgelebte Mütterlichkeit. Ugo ist mein Dreijähriger, dem ich das Leben erkläre.

»*Sie* kaufe ein, *Sie* bringe Müll raus. Ugo hier nicht arbeite. Ich Zeuge, das isse wie Ehregast. Ehregast nicht lege Hand an«, sagt Ugo. »Also, Ugo nicht lege Hand an an Arbeit, du verstehe ...« Er zwinkert mir obszön zu.

Ich presse die Lippen zusammen. Ein dreijähriger Trotzkopf, der kurz vor einer Tracht Prügel steht.

»Herr Canoli ...«, fängt Wong an, aber Ugo ist gedanklich schon wieder woanders.

»Ugo sich jetzt ziehe an, dann gehe aus. Müsse finde Espresso. Sonst sterbe elendiglich.« Er läuft die Treppe nach oben in sein Zimmer.

Wong schaut mich wortlos an. Wäre er mein Mann und Ugo unser Sohn, würde dieser Blick besagen: *Dein* Sohn ist wieder mal unmöglich!

Eine halbe Stunde später – ich habe die Rosinen aus der Müslivorratsdose gepickt und bin mir dabei vorgekommen wie Sisyphos, Wong hat draußen mit seinem Ersatzhandy telefoniert, das er natürlich dabeihat – kommt Ugo die Treppe wieder herunter. Er sieht aus, wie frisch aus dem Ei gepellt. Sein weißer Leinenanzug, der doch gestern klatschnass wurde, ist knitterfrei gebügelt. Auch sein Hemd sieht aus wie geplättet. Sollte Ugo tatsächlich ein Bügeleisen zur Hand genommen haben? Ist seine Eitelkeit stärker als seine Abscheu vor Hausarbeit? Hm, offensichtlich.

Die schwarzen Locken hat er mit Gel gebändigt und nach hinten gekämmt. Die Goldkette im flauschigen Bett aus Brusthaar funkelt. Der Mann sieht aus wie einem Modemagazin entsprungen.

»Was glauben Sie denn, wo Sie jetzt hingehen?«, fragt Wong ungerührt und trinkt den letzten Rest seines Earl Grey.

»Habe Ugo doch gesagt. Ugo brauche Espresso.«

Wong zeigt mit dem Kopf nach rechts an die Stelle, wo auf der Küchentheke ein italienischer Espressomaker steht.

Unser Dreijähriger lässt sich davon nicht schrecken. »Ugo isse echter Italiener. Echter Italiener nicht mache Espresso selbst, er gehe in Café. Wolle Café ja schließlich auch lebe.«

»Sie haben mir nicht zugehört. Ich sagte, wir beschränken unseren Kontakt mit den Inselbewohnern auf das absolute Minimum.« Wong verschränkt wieder die Arme. Das kann er gut.

»Isse sich absolutes Minimum. Ugo brauche Espresso. Ugo verspreche, Ugo rede mit niemand, trinke nur.«

»Nein, das Risiko ist zu groß.«

»Ugo brauche Espresso, sonst falle tot um, capice?«

Ein Kampf Wille gegen Wille, Mann gegen Mann.

»Vielleicht sollten wir uns wirklich einmal in der Öffentlichkeit zeigen. Das gibt sonst nur Gerüchte.« Ich komme aus einer Kleinstadt und weiß, wovon ich rede. Und überhaupt muss ich mich mit der Insel vertraut machen, muss mögliche Gefahrenquellen in Augenschein nehmen, muss neues Müsli ohne Rosinen kaufen.

Wong kriegt das in den falschen Hals. Er denkt, ich habe ihn feige verraten und ihm das Messer in den Rücken gestoßen. Das sagt er nicht mit Worten, dafür umso eindringlicher mit Blicken.

Kurz überlege ich, ob ich den Mund hätte halten sollen, aber da hakt sich Ugo bei mir unter und duftet unwiderstehlich nach *Pepe negro*, einem toskanischen Herrenduft. (Nein, ich kann nicht tausend verschiedene Herrendüfte blind erschnuppern und damit bei *Wetten, dass …?* auftreten. Und ja, ich habe seine Reisetasche durchsucht, während er auf der Zugfahrt nach Norddeich Mole selig den Schlaf der Ungerechten schlummerte …)

Wong atmet hörbar aus. Hörbar und mit Resignation im Atemluftstrom. Dann prüft er den Sitz seines Schulterhalfters und steht auf.

Er sagt immer noch nichts, strahlt aber ganzkörperlich Unwillen aus. Ich beschließe, das zu ignorieren. Dann mag er mich also nicht. Na und? Wenn man als Chef beliebt ist, hat man schon irgendwas falsch gemacht. Wie sagt Stromberg im Fernsehen immer: Wennste als Chef nachgibst, kannste auch gleich eine Disco auf deiner Nase eröffnen, weil dir die Leute dann auf derselben herumtanzen werden.

Wer ist hier der leitende Ermittler? Ich!

Und wenn *ich* entscheide, dass unser Zögling eine Prise Inselluft schnuppern und einen Espresso trinken darf, dann will ich keine Unmutsbekundungen von Subalternen in meinem Rücken spüren.

Also sage ich zu Wong: »Sie gehen voraus.«

Wong führt uns bei verhalten durchbrechendem Sonnenschein und nur mäßigem Wind – so schnell kann hier die Wetterlage also wechseln – zielsicher zur Ortsmitte.

In der es vor Menschen nur so wimmelt.

Satnam hat nicht gelogen, als er sagte, es sei Saison.

Und natürlich stechen wir heraus wie bunte Hunde in einer Katzengesellschaft. Nicht Ugo ist Ziel verwunderter Blicke, sondern vielmehr Wong und ich. Inmitten einer gefühlten Tausendschaft fröhlicher Sommergäste in Shorts und Shirts und Flip-Flops tragen Wong und ich unsere anthrazitgraue Businessuniform. Noch dazu mit blickdichten Sonnenbrillen. Wir sehen aus wie die finsteren Dunkelmänner aus *Matrix* oder *Akte X* oder was auch immer. Jedenfalls finster. Unser einziger Lichtblick ist Ugo, der in seinem weißen Leinenanzug »Buon giorno, bella« und »Ciao, ragazzi« rufend zwischen Wong und mir förmlich tänzelt. Wie ein schwebender Schmetterling zwischen zwei erdnah-bodenständigen Mistkäfern.

»Halten Sie die Klappe«, faucht Wong. Sein Schritttempo erhöht sich.

Kurz darauf bleibt er abrupt stehen. »Wir sind da.« Er zeigt auf ein Café, in dem es zwar proppevoll ist, aber links neben der Tür wird gerade ein Tisch frei.

»Isse völlig unmöglich«, erklärt Ugo. »Isse nich richtige Atmosphäre.«

Für mich ist ein Café wie das andere und überhaupt bin ich nicht gern unter Menschen. Aber Ugo macht offensichtlich feine Unterschiede, was das Ambiente seiner Espressotanke angeht.

Wong verschränkt die Arme. »Das ist ein Café und hier trinken Sie jetzt Ihren Espresso.«

»Sie müssen ihn duzen«, flüstere ich. »Er ist doch Ihr Schwager.«

Wong funkelt mich an. »Und Sie müssen mich duzen, ich bin doch Ihr Bruder.«

»Ugo sich hier nicht wohlfühle und damit basta.« Dreijährige können sehr bockig sein.

Wir lernen, auch der Italiener kann seine Arme verschränken. Und wie.

Die bösen Blicke aus sturen Männeraugen nehmen ihren Zweikampf wieder auf.

Ich merke, wie wir das Interesse sämtlicher Cafégäste wecken und sage schlichtend: »Dann gehen wir eben woanders hin.«

Natürlich bereue ich das kurz darauf, denn Ugo fühlt sich in keinem der Cafés wohl, zu denen Wong uns führt. Zur Verteidigung der Cafés muss gesagt werden, dass es völlig egal ist, wie schön und gemütlich und atmosphärig und gut ein Café ist, um von Ugo auf die No-go-Liste gesetzt zu werden. Ugo muss ein Café auch nicht betreten, um zu wissen, dass er sich dort jetzt nicht und überhaupt nie nicht wohlfühlen kann. Ugo besitzt einen gewissermaßen esoterischen Radar, der ihm schon in der Annäherungsphase an ein Gebäude mit Ausschanklizenz mitteilt, ob es ihm dort behagt oder nicht.

Wong ist der Geduldsfaden längst gerissen und nur seine in den Genen implantierte asiatische Gelassenheit hält ihn davon ab, Ugos Schädel mit einem Handkantenkarateschlag zu zertrümmern.

Ich dagegen komme spürbar an meine Grenzen. Ein Juckreiz breitet sich auf meinem Unterarm aus. Ich fange an zu kratzen.

Ugo bekommt in seliger Wahrnehmungslosigkeit davon rein gar nichts mit. Er tänzelt immer weiter.

Irgendwann habe ich genug und packe ihn am Arm. »Herr Canoli, das ist eine Insel. Die Anzahl der Lokalitäten ist groß, aber nicht endlos. Würden Sie sich jetzt bitte entscheiden!«

»Sie müssen ihn duzen, er ist doch Ihr Mann«, lästert Wong schon wieder. Seine Gesichtszüge mögen ausdruckslos sein, seine Stimme ist es nicht. In seinen Augen blitzt ein lästerlicher Funke.

Idiot!

»Da!«, ruft Ugo, bevor ich an Wong ausprobieren kann, was eine ungeübte deutsche Frauenhandkante an einem asiatischen Dickkopf ausrichten kann, wenn nur genug Leidenschaft mit im Spiel ist. »Das isse genau richtig für Ugo!«

Er zeigt mit ausgestrecktem Finger auf einen riesigen, weißen Palast.

Das Kurhotel. Bestes Haus am Platz. War ja klar.

Habe ich schon erwähnt, dass das Budget des Zeugenschutzprogramms sehr bescheiden ist?

Wong und ich schaffen es nicht, Ugo umzustimmen. »Hier isse richtig. Genau richtig für Ugo. Ja, hier isse Ugo daheim.«

»Dann zahlen Sie aber selbst«, bescheidet ihm Wong.

»Ugo habe alles Geld abgebe müsse, Wong müsse Ugo schon einlade.« Ugo zuckt mit den Schultern und winkt dem Kellner, der sich als Italiener erweist. Prompt fliegt eine Maschinengewehrsalve an italienischen Wörtern zwischen den beiden Männern hin und her.

Das ist jetzt blöd.

Wir haben natürlich Wong, weil wir mit einer chinesischen Attacke gerechnet haben. Aber Italienisch spricht der nicht. Und ich kann nur die paar Brocken, die mir aus dem Abiturausflug nach Rom in Erinnerung geblieben sind.

Wong tastet nach seiner Waffe.

Aus dem fröhlichen Lächeln des Kellners, der Ugo an einen ausladenden Terrassentisch mit bestem Blick auf die Düne führt, schließe ich jedoch, dass der Wortwechsel einvernehmlich und gut gelaunt geführt wird und hier kein Mafiakiller mit Vollzug droht.

Aber sicher kann ich mir eben nicht sein. Und wie ich Ugo kenne, erzählt der gerade einem ihm fremden Kellner aus der alten Heimat, dass er hier im Zeugenschutzprogramm Inselurlaub macht und auf seinen Kopf eine Summe ausgesetzt ist, für die ein Kellner lange kellnern müsste.

Ich interveniere.

»Entschuldigung, bitte drei Espresso für uns. So schnell wie möglich. Wir sind in Eile.«

»Das heißt im Plural nicht Espresso, das heißt ...«

Mit einem Blick bringe ich Wong zum Schweigen. »Espresso. Drei. Jetzt.«

Ugo und der Kellner tauschen einen Blick aus. Keine Lebensfreude, diese Tedesci, immer in Eile, zack, zack, zack.

»Sehr wohl«, sagt der Kellner mit lange geübter Höflichkeit und sein Blick wandert zu meinen Hosenbeinen, die über vernünftigen Schnürschuhen enden. Er schnalzt bewundernd mit der Zunge und sagt etwas zu Ugo, bevor er geht.

»Was hat der Mann gesagt?« Das will ich zwar auch wissen, aber Wong spricht es aus.

»Habe gesagt nix. Nur willkomme geheiße Ugo in seine Lokal. Oh, schaue alle, magnifico!«, ruft Ugo, breitet beide Arme aus und hält die Nase in die Brise.

Er hat nicht unrecht.

Der Himmel blitzt zwischen den grauen Wolken immer öfter strahlend blau auf. Der sattgelbe Sand und das grüne Dünengras rufen in jedem künstlerisch veranlagten Menschen den Wunsch nach Pinsel und Palette wach – oder doch wenigstens nach einer Digitalkamera, um diese Schönheit festzuhalten –, aber wir sind nun mal nicht zum Urlauben hier.

»Oh ja, es ist wirklich herrlich hier«, ruft eine dröge Brillenträgerin an einem der Nebentische. Kokett lächelt sie Ugo zu. Ugo lässt wieder seine Augenbrauen tanzen. Mittlerweile glaube ich, dass es sich dabei um eine automatische Reaktion auf die Anwesenheit von Frauen handelt, die er nicht bewusst steuern kann und die immer auftritt, wenn seine feine Nase Östrogen schnuppert – ganz egal was für Frauen, alt, jung, hübsch, hässlich, einfach alle. Ein Automatismus. Wie Niesen, wenn einem Pfeffer in die Nase kommt.

Wong zieht Ugo neben sich auf einen Stuhl.

»Sie sollen sich doch unauffällig verhalten«, zischelt Wong.

»Ugo könne nicht unauffällig sein, das isse unmöglich.

Ugo habe Charisma. Alle Augen immer auf Ugo.« Er grinst selbstsicher und zwinkert der Brillenträgerin zu.

»Lassen Sie das!«, verlange ich und setze mich auf die andere Seite von Ugo.

»Da könne du mache nix, cara mia. Ugo wisse, wie er wirkt.« Ugo tätschelt mir das Knie. Offenbar versetzt er sich mental schon in seine Rolle als mein frischgebackener Ehemann.

Ich bin nicht auf den Kopf gefallen. Ich weiß, dass ich – trotz fader Frisur und Pickeln auf der Stirn – nach derzeit gängigen Schönheitsidealen ein guter Fang wäre, zumindest, sobald man mich aus meinen obligatorischen, formlosen Hosenanzügen geschält hat. Mein Körper ist durchtrainiert und weist die Maße 90-60-90 auf. Aber ich will als Beamtin anerkannt werden, nicht wegen meiner sexy Knie. Deswegen hübsche ich mich auch nie auf. Da geht es ums Prinzip.

Mein Ellbogen fährt aus.

Ugo schreit vor Schmerz. Und zieht seine Hand zurück.

Wong hebt eine Augenbraue.

Wenn Frauen in Hosenanzügen zicken, halten Männer sie gern für Kampflesben. Denkt Wong das auch?

»Herr Canoli, entweder Sie richten sich genau nach unseren Vorgaben, oder aber …«

»Oder aber wase?« Ugo reibt sich die knallrote Druckstelle auf seinem Handrücken. Sein ständig heiteres Gemüt bekommt erste Risse. »Was du wolle mache? Ugo isse wichtiger Zeuge. Ugo müsse verwöhnt werden. Verhätschelt.« Er beugt sich zu mir. Sein Atem riecht nach Fischeiern. »Du musse Ugo lieb habe.«

Ich beuge mich meinerseits zu ihm. Seine Augen strahlen samtbraun unter seinen streichelzarten Wimpern. Ich möchte ihn am liebsten anknabbern, stattdessen sage ich: »Wenn Sie nicht parieren, kriegen Sie Hausarrest. Ich sperre Sie bis zum Jüngsten Tag in Ihr Zimmer. Haben Sie mich verstanden?«

Ugo zwinkert. »Oh ja, Ugo habe verstande. Ugo möge eine harte Hand bei seine Fraue!«

Und tatsächlich trinkt er daraufhin lammfromm seinen Espresso.

So beginnt mein Leben als Domina.

Keine halbe Stunde später ist Ugo verschwunden.

Einfach weg. Hat sich in Luft aufgelöst.

Wong merkt es als Erster. Er kommt von der Herrentoilette zurück und fragt: »Wo ist Canoli?«

Ich sage: »Ich rufe später wieder an«, stecke mein Handy in meine Kostümjackentasche und drehe mich um und …

… Ugos Stuhl ist leer.

Das ist jetzt ein peinlicher Moment.

»Eben saß er noch da«, erkläre ich. Fassungslos. Ehrlich, ich habe nur mal kurz den Blick abgewendet, um die Kurzwahltaste zu drücken und mich zu räuspern. »Ich wollte nur rasch im Büro anrufen, um zu fragen, was es Neues gibt und … Mist!«

Ich springe auf.

Wong und ich halten Ausschau. Wong mit seinem üblichen stoischen Gesichtsausdruck, ich mit Schweißtropfen auf der Stirn und Hechelatmung. Sollte ich Canoli gleich am zweiten Tag auf der Insel verloren haben?

Der italienische Kellner serviert gerade der Brillenträgerin einen Latte Macchiato. Sie legt ihren Coelho beiseite.

Ein Mann mit Kinnbart und Dackel marschiert links vorn zum Dünenkamm.

Eine junge Frau mit Rollkoffer biegt um die Ecke des Hotels.

Diverse Touristen tummeln sich auf dem Platz vor dem Kurhaus und warten auf irgendetwas. Oder irgendjemand. Vielleicht einen Inselführer.

Ein Südländer im weißen Leinenanzug ist nicht dabei.

»Weit kann er nicht sein«, sage ich und schaue, der Sicherheit halber, unter dem Tisch nach. Wenn ihn ein Scharfschütze erlegt hätte, müsste er ja da unten zu finden sein. Aber nein.

Wong atmet aus. »Das muss ich melden.«

Ich tauche unter dem Tisch auf. »Immer schön langsam mit den jungen Pferden!«

Wong ist doch nur sauer, weil er nicht unter einer Frau arbeiten mag. Da ist auch der Asiate ganz mediterraner Macho. Denke ich und rufe mit voller Lungenkapazität: »…«

Nichts.

Verdammt. Ich habe vergessen, welchen Tarnvornamen Wong an Canoli verteilt hat. Ich kann ja schlecht »Herr Mustermann« rufen, wo ich doch angeblich seine Frau bin. Und Ugo geht natürlich schon gar nicht.

Wieder ein peinlicher Moment. Das wird Wong in seiner Meinung bestärken, dass *er* der leitende Ermittler hätte sein sollen. Und zweifellos wird das auch Eingang in Wongs Abschlusseinsatzbericht finden.

»Äh …«, sage ich.

Wong versteht mich auch ohne Worte.

»MARCO!«, brüllt er wuchtig und lange nachhallend, wie ein japanischer Tempelgong.

»Si?« Der italienische Kellner materialisiert sich neben uns.

Wong und ich starren ihn an.

»Sie haben mich gerufen?« Er spricht akzentfrei Deutsch. Offenbar nicht seine erste Kellnersaison in Deutschland.

»Sie heißen Marco?«

Marco nickt.

»Ich suche meinen Mann. Er war doch eben noch hier.« Ich zeige auf den leeren Stuhl, dem jede Wärmekamera bescheinigen würde, dass eben noch Ugos Hintern darauf geruht hat.

»Heißt Ihr Mann nicht Ugo?« Der Kellner schaut verwirrt.

Wong schaut grimmig.

Ich schaue am Kellner vorbei zur Rezeption des Kurhauses, an der ich Ugo lehnen sehe. Er flirtet augenscheinlich mit der rothaarigen Rezeptionistin.

Jetzt ist also klar, worüber Ugo vorhin mit dem Kellner so angeregt plauderte. Über seinen Echtnamen. Ich werde diesen elenden Wicht mit meinen Handschellen an den Heizkörper in seinem Zimmer ketten und erst zur Verhandlung wieder loseisen!

Ich muss ihn nur zuerst von der Rothaarigen in der Hoteluniform lösen.

»Schatz, was machst du denn da?«, säusele ich.

Von hinten trete ich an den heftig flirtenden Ugo heran.

Ugo zeichnet sich in diesem Moment vor allem dadurch aus, dass ihm keinerlei Schuldbewusstsein anzumerken ist. Für einen Frischvermählten in doppelter Hinsicht kein gutes Zeichen.

Aber hohe Schauspielkunst darf man von Kronzeugen eben nicht erwarten. Darum ist es ja so wichtig, sie von der Außenwelt abzuschotten.

»Das isse Helge«, sagt Ugo, ohne mich anzusehen, denn sein Blick ruht unverrückbar auf Helges Sommersprossen. Die wirklich niedlich sind.

»Schatz, wir müssen los«, erkläre ich und »Na, amüsieren Sie sich mit meinem Mann?« heische ich die Rezeptionistin an, die keine Schuld trifft, wie mir absolut klar ist.

»Ihr *Mann*? Oh bitte, entschuldigen Sie, aber er trägt keinen Ring und er hat gesagt …« Helge läuft rot an.

»Vergessen Sie es!«

Ich packe Ugo am Leinenärmel und zerre ihn durch die Lobby nach draußen.

»Sie müssen uns Eheringe besorgen!«, fauche ich Wong an.

»Wozu das denn?« Wong denkt sicher schon wieder an die klammen Geldbeutel der Steuerzahler.

»Um die Fassade zu wahren. Wir sind frischverheiratet. Das muss man auch sehen können.« Ich wackele mit dem Ringfinger meiner rechten Hand. Muss man diesem Menschen alles bis zum letzten Komma herunterbeten?

Und tatsächlich schnaubt er gleich darauf: »Ich gebe ganz sicher das Geld der Steuerzahler nicht für Ringe aus. Malen Sie ihm doch einfach einen Ehering auf.« Wong hält das für witzig. Natürlich lacht Mr Pokerface nie, aber ich sehe, wie seine Nasenflügel kurz aufbeben.

Idiot!

»Nicht streite«, bittet Ugo. »Ugo nicht könne leiden, wenn ihr euch streitet. Wir uns alle haben wieder lieb, ja?«

»Herr Canoli ...«, fange ich mit strenger Stimme an, obwohl Ugo aussieht wie ein Kind, dessen Eltern kurz vor der Scheidung stehen.

Wong räuspert sich mahnend.

»Äh ... Ugo ...«, stottere ich.

Noch ein Räuspern.

»Dings ... äh ... ah ja, Marco« – stolz schaue ich zu Wong, denn ich hab's noch drauf, jawohl – »Marco, du hast dem Kellner deinen richtigen Vornamen gesagt. Das geht nicht. Wenn er dich nun verrät?«

»Isse Unsinn, Marco isse ein guter Kerl. Du bisse eifersüchtig wegen Sommersprosse, ja? Musse du nicht sein!« Ugo, den ich immer noch festhalte, zieht mich an sich und haucht mir einen Kuss auf die Wange.

Ich lasse nicht los, vergesse aber kurzzeitig, warum ich bis gerade eben noch so empört war.

Wong vergisst es nicht. »Herr Canoli, ich möchte Sie nachdrücklich darauf hinweisen, dass Sie aus dem Zeugenschutzprogramm fallen können, wenn Sie sich weiter so ungebührlich verhalten.«

Er erläutert nicht näher, was er unter *ungebührlichem Verhalten* versteht. Dass Ugo ständig Patzer bezüglich seiner Verschwiegenheit passieren? Oder dass Ugo mich geküsst hat?

Ich frage nicht nach. Mir ist irgendwie ganz anders zumute.

»Habe ich mich deutlich ausgedrückt, Herr Canoli?«, hakt Wong nach. »Wenn wir Sie nicht länger schützen, sind Sie Ihren Verfolgern hilflos ausgeliefert. Wollen Sie das wirklich?«

Ugo legt die Stirn in Falten. »Wong, Ugo müsse dir sagen, du bisse Spaßbremse«, sagt er zu Wong.

Wongs Mandelaugen werden zu schmalen Schlitzen.

Wenn Duelle noch en vogue wären, würden die beiden sich jetzt duellieren, das steht außer Frage.

Marco – der echte Marco, will heißen: der Kellner – kommt angelaufen und sagt: »Darf ich abkassieren?«

Ugo lächelt fein. Ihm entgeht die Ironie des Umstands, dass seine beiden Beschützeragenten wegen Zechprellerei auffallen, nicht.

Ich sehe Wong an.

Wong zieht seine Geldbörse und erledigt das. Er will aber eine Quittung. Marco hat keinen Quittungsblock dabei. Er und Wong gehen ins Hotel zurück, um das zu erledigen.

Ugo und ich bleiben stehen.

Am Himmel dräuen wieder Wolken. Ein Wind kommt auf. Dennoch sind viele Touristen unterwegs. Neugierige Blicke mustern uns. Ich merke, dass ich Ugo immer noch festhalte.

»Tja, dann ist ja jetzt alles geklärt. Sie zeigen sich von nun an von Ihrer besten Seite und alles ist gut«, sage ich und lasse Ugos Arm los.

Ein Fehler.

»Ah, Ugo isse wieder glücklich. Und jetzt, Ugo wolle Meer sehen!«

Schon rennt er los.

Man muss es Ugo lassen: Er kann verdammt schnell rennen. Ist ja auch logisch: Verbrecher brauchen einen hyperaktiven Fluchtmodus – und gute Beine.

Ehe ich mich versehe, juchzt Ugo schon oben auf dem Dünenweg und gleich darauf hastet er zum Strand hinunter und verschwindet somit aus meinem Sichtfeld. Mist! Ich wusele hinterher.

Wong kommt angelaufen.

»Was ist jetzt schon wieder?«, ruft er und überholt mich. Ich muss zugeben, dass ich nicht besonders sandtauglich bin. Ich falle zurück.

Unten am Strand wendet sich Ugo nach rechts.

Wong ruft mehrmals »Marco! Marco!«, aber auf diesen Namen hört Ugo nicht. Auf seinen eigenen Namen hätte Ugo zweifelsohne auch nicht gehört. Wong versucht es erst gar nicht.

Ich meine, durch das Brausen des Windes zu hören, wie Ugo »Che bello mare de nord« ruft oder so ähnlich, aber ich kann mich irren. Der Wind pfeift in meinen Ohren.

Ich falle immer weiter zurück.

Wongs rasch entschwindendem Rücken sehe ich an, dass er jetzt am liebsten seine Dienstwaffe zücken und Ugo in die Kniekehlen schießen würde, um ein für alle Mal Ruhe zu haben. Es spricht für meinen Kollegen, dass er sich trotz seiner inneren Aufgewühltheit zu beherrschen weiß. Schließlich sind Touristen anwesend. Nicht so viele, dass man sich mit Gewalt einen Weg freizubahnen hätte, aber doch so viele, dass man immer mal wieder im Slalom um sie herumlaufen muss.

Irgendwann bekomme ich Seitenstechen. Ziemlich genau in dem Moment, als Wong einen geschätzten halben Kilometer vor mir über irgendetwas stolpert. Ich mache mir keine Sorgen, der Sand wird seinen Sturz schon polstern, denke ich. Wie ich ihn kenne, hätte er sich im nächsten Moment schon wieder berappelt, wäre aufgesprungen und weitergerannt, aber er ist gewissermaßen zwei Touristinnen vor die Füße gefallen, die ihn sofort mütterlich beglucken, ihm unter die Achseln greifen, ihn 3-2-1 auf die Beine stellen und ihm wie geübte Teppichklopferinnen den Sand vom Dreiteiler hauen.

Das machen sie immer noch, als ich Wong kurz darauf atemlos einhole.

Ugo wird in der Ferne eins mit dem Sand. Für das menschliche Auge so gut wie nicht mehr auszumachen.

»Danke, meine Damen«, sagt Wong und will weiterlaufen, aber da kennt er die Damen schlecht.

»Haben Sie sich auch wirklich nichts getan?«, zwitschert die eine und klopft Wongs Schulterbereich ab, der völlig sandfrei ist.

»Alle Eile ist des Teufels«, flötet die andere und klopft in Wongs tieferen Regionen.

Wong weiß sich nicht recht zu helfen. Er ist einfach zu gut erzogen. Ich nicht.

»Danke für Ihre Hilfe«, sage ich zu den Touristinnen, drängele mich mitten hinein in diesen unflotten Dreier, entreiße Wong den Damen und schleife ihn mit mir.

»Wir haben Ugo verloren«, zischele ich ihm zu.

»Haben wir nicht«, widerspricht Wong und zeigt nach vorn.

Und tatsächlich, da ist Ugo. Das muss er sein. Erkennbar eigentlich nur daran, dass sich eine Traube aus Frauen um ihn geschart hat.

Ich werde ihn erschlagen, das schwöre ich. Oder mich nachts in sein Zimmer schleichen und ihm sein Kissen so lange aufs Gesicht pressen, bis er keinen Mucks mehr von sich gibt. Nie wieder.

Schnaufend stoßen wir kurz darauf zu der Groupiegruppe, die sich um Ugo geschart hat.

»Marco, Liebster«, rufe ich und boxe mich durch die Frauenleiber zu ihm durch.

Er scheint etwas in seine Jackentasche zu stecken. Wahrscheinlich eine Visitenkarte.

»Ugo ware noch nie so glücklich.« Er breitet beide Arme aus und strahlt über alle vier Backen.

»Wir gehen jetzt nach Hause. Wir sind nämlich in den Flitterwochen«, sage ich betont laut und zu niemand im Besonderen. Aber die Zeiten, als das noch ein Grund für Fremdfrauen war, das Anbaggern sein zu lassen, sind lange vorbei.

»Ruf mich an«, sagt eine hagere Brünette und hält die Faust, mit kleinem Finger und Daumen ausgestreckt, ans Ohr.

Eine andere kritzelt Ugo ihre Telefonnummer mit Kugelschreiber auf den Handrücken.

Ugo lächelt breit, seine Zähne blitzen. Er strahlt demokratisch – jede kriegt gleich viel Strahlkraft ab.

Wong und ich zerren Ugo mit uns.

»Wie machen Sie das nur?«, fragt Wong. Ich höre echtes Interesse heraus.

Männer!

»Ugo mache gar nichts. Ugo liebe einfach nur die Welt und die Welt liebe Ugo zurück.« Er fängt wieder an zu singen. »*Che rumba e che tromba, che rumba e che tromba, che rumba e che tromba, il grande baboomba.*«

»Hört mal, ist das nicht Zucchero?«, freut sich ein Familienvater mit Eimerchen und Schaufel und macht seine Lieben, begeistert mit dem Kopf zeigend, auf Ugo aufmerksam.

Ugo winkt ihnen zu und singt noch etwas lauter.
Es ist ein Kreuz mit diesem Mann.

Während wir erst durch den Sand und dann zur Düne hoch in den Hauptort zurückstapfen, höre ich einen Missklang.

»Hören Sie das auch?«, frage ich Wong.

»Was genau?«

Man hört Möwen, Kinderlachen, noch mehr Möwen, den Wind, das Meer, den singenden Ugo.

Und einen Misston.

Da – ganz deutlich!

Wie ein …

… Bellen.

Nur sehr viel höher. Ein Bellen im Mezzosopran.

»Da bellt doch was.« Ich wende mein Ohr dem Geräusch zu. Es scheint aus Ugos Jackentasche zu kommen.

Ugo bemerkt meinen Blick und singt noch lauter.

»Was ist das?« Ich bleibe stehen und zeige mit dem Finger auf die Jackentasche.

Die sich bewegt!

Endlich verstummt Ugo. Wobei er ja im Grunde so schlecht nicht singt. Wer mit Herzblut singt, kann gar nicht wirklich schlecht sein. Böse Menschen kennen keine Lieder.

Ugo schiebt schon wieder seine Unterlippe im Schmoll-Modus nach vorn. »Ugo gebe Fabrizio nicht mehr her! Fabrizio brauche Ugo. Fabrizio isse krank.«

Wong versteht nur Bahnhof, er steht ja auch auf der anderen Seite von Ugo. »Wer ist Fabrizio?«

Ich greife beherzt in Ugos Jackentasche.

Und ziehe ein Tier heraus.

»Aaah, eine Ratte!«

Das ruft Wong, nicht ich. Was ich hier der Vollständigkeit halber erwähne. Weil nämlich Entsetzen in dem Ruf liegt und ich keine Angst habe, weder vor Ratten noch vor dem, was ich da aus Ugos Tasche gezogen habe.

Dennoch lasse ich die Kreatur fallen. Sie landet weich im Sand, jault aber trotzdem auf.

»Isse sich keine Ratte«, schimpft Ugo und hebt den jaulenden Winzhund auf.

»Ist das ein Chihuahua?« Ich schaue mir das zitternde Etwas in Ugos Hand an. Es erkennt ihn mir den Grobian, der ihn – umgerechnet auf seine Körpergröße – aus dem zehnten Stock hat fallen lassen. Folglich fletscht es die winzigen Beißerchen und knurrt mich an.

Wong atmet heftig und tritt einen Schritt zurück. Angst vor Hunden? Echt jetzt?

»Wo haben Sie das Tier her?«, verlange ich von Ugo zu wissen.

»Isse mir zugelaufe. Fabrizio isse krank! Brauche Arzt. Da, du schaue.«

Tatsächlich, der Hund hat einen Kratzer an der Flanke. Es ist ein winziger Kratzer. Das Tier selbst scheint nicht zu merken, dass es einen Kratzer hat. Ugo aber schon. Er wendet den Blick ab. »Ugo könne kein Blut sehe.«

»Schmeißen Sie den Hund weg«, fordert Wong mich auf. Tastet der Mann schon wieder nach seiner Waffe?

Ich schüttelte missbilligend den Kopf.

»Scusi«, ruft Ugo plötzlich und läuft auf einen Latzhosenträger zu, der einer Gruppe Stadtmenschen die Bedeutung des Strandhafers für den Küstenschutz erklärt. »Strandhafer ist wichtig, seine Wurzeln halten den Sand fest …«

Ugo unterbricht den Latzhosenträger schnöde. »Scusi, Ugo brauche dringend Tierarzt.«

Ein kleines Mädchen aus der Gruppe versteht das falsch. »Armer Ugo«, sagt sie und krault den Chihuahua in Ugos rechter Hand hinter dem Öhrchen.

Der Latzhosenträger kratzt sich den Kinnbart. »Tja, wir haben keinen Tierarzt auf der Insel.«

»Keine Tierarzt?« Ugo ist fassungslos. Mit der Linken macht er Wiederbelebungsversuche an der Brust des Chihuahua, der sich in seiner Rechten auf den Rücken gerollt hat, damit das Zopfmädchen ihm auch den Bauch kraulen kann.

»Kein Tierarzt? Echt nicht?«, sagt das bezopfte Kind und hält im Kraulen inne. »Hier gibt's doch so viele Pferde. Was, wenn eines von denen eine Kolik kriegt? Oder wenn die Pferdegrippe grassiert?«

Das Mädchen ist bestimmt pferdebegeistert und andachtsvolle Abonnentin von *Lissy* oder *Wendy* oder wie diese Pferdemagazine alle heißen.

»Tja, im Notfall wird ein Tierarzt eingeflogen. Gar kein Problem.« Der Latzhosenträger schürzt beruhigend die Lippen.

Ugo tröstet das nicht. »Fabrizio, du halte durch. Hilfe ist unterwegs.« Er wendet sich an mich. »Du müsse Tierarzt einfliege lasse. Fabrizio sonst verblute!«

An dem Kratzer hängt ein winziger, bereits koagulierter Blutstropfen, so klein, dass er im Grunde nur unter dem Mikroskop richtig zu sehen ist. Bluter ist der Hund jedenfalls nicht. Aber das ficht Ugo in seiner Sorge nicht weiter an. »Sofort, du müsse Tierarzt komme lasse.«

»Sonst noch was!«, schimpft Wong. Er schiebt Ugo weiter. Der Latzhosenträger wendet sich wieder dem Strandhafer zu, die Bezopfte winkt uns noch eine Weile nach.

Im Weiterlaufen hören wir unten am Strand, wie eine junge Frau im Friesennerz, dessen Kapuze sie sich weit ins Gesicht gezogen hat, lauthals »Pascha! Pascha!« ruft.

Der Chihuahua fängt an zu jaulen.

»Pascha?« Die junge Frau bleibt stehen.

Der Chihuahua fiept und jault und wackelt mit dem Millimeterschwänzchen.

Wong und ich schauen uns an. »Sie haben den Hund gestohlen!«, sagt Wong zu Ugo.

»Isse gar nicht wahr. Fabrizio isse Ugo in seiner Not zugelaufe.«

»Pascha! Mein Pascha! Wo bist du?« Die Frau schreit sich die Lunge aus dem Leib.

Pascha, wie wir ihn von nun an nennen wollen, stößt ein wolfsgleiches Heulen aus. Also, er selbst hält es sicher für wolfsgleich. Im menschlichen Gehörgang kommt es als Kastratenfiepen an.

»Verdammt, wie konnten Sie nur?«, sage ich vorwurfsvoll zu Ugo. »Sie haben einen Chihuahua gemopst.«

Wong schaut den kläffenden Mini-Köter verächtlich an. »Das ist kein Diebstahl, das ist allenfalls Mundraub.«

Ugo schnaubt. Er streichelt das Tier, das sich jetzt sichtlich aus seiner Hand winden will, um zu seinem Frauchen zurückzukehren. »Ugo sich fühle allein. Ugo brauche Zuwendung.«

Mir wird das Herz schwer. Der arme Mann. Hat sich von allem losgesagt, was sein Leben bisher ausgemacht hat. Ist allein in fremdem Land. Umgeben von

Menschen, die es nicht wirklich gut mit ihm meinen. Die ihn nur aus Eigeninteresse beschützen wollen. Ugo suchte nur einen Halt in den stürmischen Wogen seines Lebens.

»Ugo brauche viel Zuwendung», wiederholt Ugo. »Ugo habe gehabt seit zwei Tage keine Sex.«

Ich ignoriere diese Bemerkung und verscheuche das sodomitische Horrorbild von Ugo mit Hund von meinem inneren Auge. Wäre aufgrund der Größenverhältnisse ja ohnehin ein Unding.

»Wir besorgen Ihnen einen Hund, versprochen«, sage ich und lege Ugo die Hand auf die Schulter. Es wird aber definitiv ein sehr kleiner Hund sein, gelobe ich mir, nur zur Sicherheit.

»Wie bitte?« Wong ist entgeistert.

Ich ignoriere ihn. »Aber Sie müssen Pascha jetzt seinem Frauchen zurückgeben.«

Ugo seufzt, drückt dem Chihuahua einen Kuss auf den winzigen Hundeschädel und meint: »Vielleicht sein Frauchen ihn quäle, ja? Er sein blutig.«

»Quatsch«, sagt Wong und ruft: »Hallo, hier oben, hallo. Ist das Ihr Hund?«

Die junge Frau entdeckt uns und winkt und jubelt.

Wong packt den Chihuahua, wirft den Hund in hohem Bogen in den Sand und dreht sich um. »Dann können wir jetzt ja nach Hause.«

Ugo ist zur Abwechslung so entsetzt, dass er nichts sagt und sich fassungslos abführen lässt.

Und keine Sorge. Dem Hund geht's gut.

Die beseligende Wiedervereinigung von Pascha und Frauchen habe ich bei einem Blick über die Schulter noch mitbekommen.

Und ich denke noch: Hm, wo habe ich zuletzt einen Chihuahua gesehen?

Wong filzt Ugos Zimmer, bevor ich seinen Kerker verriegele. Nicht, dass sich dort noch ein eingeschmuggeltes Handy verbirgt. Oder noch ein Hund im Taschenformat.

»Melisande«, jault Ugo hinter verschlossener Tür. Man versteht ihn kaum, denn es handelt sich um eine extra verstärkte Doppeltür. »Du dürfe mich nicht einsperre. Ugo sterbe vor Langeweile.«

»Sie haben ein Regal voller Bücher. Zum Abendessen hole ich Sie in die Küche, versprochen.«

Entschlossen steige ich die Treppe nach unten. Okay, ich habe tendenziell ein schlechtes Gewissen.

Zum einen sind die Bücher in seinem Zimmer keine wirkliche Männerlektüre. Ein alter Pippi-Langstrumpf-Band, zwei Simmel-Bücher und eine bebilderte Ausgabe von *Trachten unserer Heimat*.

Frage: Kann Ugo Deutsch lesen? Kann er überhaupt lesen? Vielleicht musste er früh die Schule verlassen, gezwungen zu einem Leben des Verbrechens? Zögernd bleibe ich stehen.

Wong, der mir folgt, wäre beinahe auf mich aufgelaufen.

»Was ist?« Er mustert mich. »Sagen Sie nicht, Sie leiden plötzlich unter einem Anfall von Mitleid?«

Das will ich natürlich nicht zugeben. Ich will nicht, aber ich muss. »Vielleicht sind wir doch zu hart zu ihm?«

Ist das jetzt Häme in Wongs Gesichtszügen? Weil auch ich zu den willigen Weibern gehöre, die Ugo alles geben würden – ihre Jungfräulichkeit, ihren Erstgeborenen, ihre Karriereaussichten? Oder drückt sein Pokerface etwas anderes aus: Ärger über einen nässenden Juckreiz im Achselbereich? Keine Ahnung. Seine Mimik gibt schlichtweg nichts preis.

Ablenkung ist gefragt. Ich setze den Treppenabstieg fort und sage: »Wir haben uns heute nicht gerade mit Ruhm bekleckert.« Und bevor er ein »Wir? Wieso *wir*?« einwerfen kann, fahre ich fort: »Wir müssen uns besser koordinieren.«

In der Küche angekommen, setzt Wong – was auch sonst – Teewasser auf. »Ich habe Handyfotos der Rezeptionistin, des Kellners, der Brillenträgerin am Nebentisch, der jungen Frau mit dem Rollkoffer und des Herrn mit dem Dackel ans Büro geschickt. Die Bilderkennung des BKA wird uns sagen, ob es registrierte Auftragsmörder sind.«

Dieser Übereifer ist ätzend, nötigt mir aber auch Respekt ab. Fleißiges Kerlchen, dieser Wong. Und obwohl wir einen Langstreckenlauf hinter uns haben, scheint er in seinem Dreiteiler nicht zu schwitzen. Während mir immer noch tierisch heiß ist. Ich ziehe mein Jackett aus. Den Tee kann Wong allein trinken.

»Sehr gut«, lobe ich seinen Arbeitseifer, obwohl ich nur *Streber* denke. »Herr Canoli ist verhaltensbedingt ein Sicherheitsrisiko. Ich halte es für sinnvoll, wenn wir ihn restriktiv behandeln. Ich möchte ihn stets in meiner Nähe wissen.«

Das kam jetzt falsch rüber.

Wong sagt zwar nichts, aber ich sehe seinem Nadelstreifenrücken an, was er denkt. *Ja klar*, denkt er.

Idiot!

»Die Gefahrenlage ist momentan schwer abschätzbar«, sagt er und bindet wieder Teebeutelknoten. Für jemand, der sonst immer den Geizkragen raushängen lässt, verhält er sich, was Teebeutel angeht, ziemlich verschwenderisch. »Ich schlage vor, dass wir in den ersten Tagen abwechselnd Nachtwache halten.«

»Erachten Sie das wirklich für notwendig?« Ich nehme einen Eiswürfel aus dem Gefrierfach und tupfe mir damit über die Stirn und den Hals bis ins Dekolleté, das mit Körbchengröße A nicht viel hergibt, aber dafür optisch sehr ansprechend ist. Wenn man es denn sieht. Wie gerade jetzt.

Wong schaut mir aus den Augenwinkeln zu. Findet er es sexy, wie ich den rasch schmelzenden Eiswürfel über meine erhitzte Haut gleiten lasse? Oder hält er mich wegen meines mangelnden Gefahrenbewusstseins für minderbemittelt? Wieder dieser nicht zu deutende Buddhablick.

»Ich habe seit der Ankunft von Herrn Canoli gestern Abend nicht geschlafen, sondern war durchgängig im Einsatz. Wir haben es hier mit einem hochbrisanten Fall zu tun. Nur dem Ziel, unauffällig zu bleiben, ist es zu schulden, dass wir hier nicht mit einer ganzen Truppe zum Schutz von Herrn Canoli stationiert sind, sondern diese ehrenvolle Aufgabe uns beiden zuteil wurde. Wir sollten das nicht auf die leichte Schulter nehmen.« Wong zieht die drei aneinandergeknoteten Teebeutel aus der Kanne und tunkt sie gleich darauf wieder unter. Ich muss an mittelalterliche Hexenproben denken. Die armen Teebeutel.

»Ich nehme das nicht auf die leichte Schulter«, sage ich, »aber man kann es auch übertreiben.«

»Vorsicht ist besser als Nachsicht.« Diesen dämlichen Glückskeksspruch zitiert er inmitten einer Wasserdampfwolke. Er wirkt wie Laotse, der aus dem *Taoteking* zitiert.

»Keine Nachtschicht. Punkt.« Ich will noch etwas Lästerliches sagen, aber da klopft es an der Haustür.

»Leute, ihr habt tatsächlich die Tür abgeschlossen? Das machen wir hier auf der Insel nicht.«

Es ist Satnam, der uns da von draußen ruft. Diesmal kein *Buddha mit euch*.

»Oh, ich rieche Geschwisterzwist«, sagt er, als ich die Haustür öffne und er an mir vorbei in die Küche läuft. »Ist dein Bruder frech zu dir?« Er blinzelt mir verschwörerisch zu.

»Mein Bruder?« Ich stehe auf dem Schlauch.

»Ich!«, wirft Wong ein.

Man kann mir vieles nachsagen, aber nicht, dass ich auf den Kopf gefallen sei. »Ich habe keinen Bruder«, erkläre ich.

Satnam hebt eine Augenbraue.

Wong stockt der Atem, beinahe hätte er sich an seinem Tee verschluckt. Das verschafft mir ein ungewohnt starkes Gefühl der Befriedigung. Ein köstliches Gefühl!

»Mehr«, ergänze ich. »Ich habe keinen Bruder *mehr*. Ich sage mich ab sofort von diesem Bruder los. Das, was einmal mein Bruder war, nervt nur noch. Du kannst ihn haben, wenn du willst.«

Satnam kichert. »Ach ja, das weckt Erinnerungen. Meine Schwester hat mich immer an den Haaren gerissen, wenn wir uns gestritten haben.«

Eine mögliche Erklärung, warum er jetzt kahlköpfig durchs Leben geht.

»Wo ist Marco?«, fragt Satnam und gießt sich selbst eine Tasse Tee ein.

Oben in seinem Zimmer. Eingesperrt. Ich wollte ihn ja an den Heizkörper ketten, aber Wong meinte, das verstoße gegen die Genfer Konvention.

»Oben in seinem Zimmer«, sage ich und lasse den Rest weg.

Ich frage mich, was Ugo gerade so treibt. Lesen bestimmt nicht. Vielleicht epiliert er sich gerade? Okay, dieser Gedanke entspringt meiner blühenden Fantasie, weil ich unbehaarte Männerkörper mag und wenn Ugo einen Fehler hat – außer dass er ein Verbrecher ist und nur eine einzige denkende Gehirnzelle besitzt, die noch dazu vermutlich nicht in seinem Kopf sitzt –, dann ist es sein lockiges Brusthaar.

Satnam nickt. »Ja, die Nordseeluft macht müde.« Er trinkt einen Schluck und verzieht das Gesicht. »Tja, ich bin hier, um euch zu helfen«, verkündet er und setzt sich.

Wong gießt ihm den letzten Rest aus der Kanne ein und setzt frisches Teewasser auf.

»Helfen? Wobei?«, frage ich.

»Na, ihr wollt doch das Haus in eine Ferienpension verwandeln. Da könnt ihr jeden Tipp von langjährigen Profis gebrauchen. Und ich bin schon seit zehn Jahren Inselwirt. Als Erstes die Werbung.«

Ich schaue Wong streng an. Das hat er nun davon. Seine blöde Agenda. Warum hat er Satnam nicht erzählt, wir gehörten einer abstrusen Sekte mit Schweigegelübde an und wollten auf Juist ungestört der inneren Kontemplation frönen? Nein, es musste ja eine Ferienpension sein.

Satnum guckte gewichtig. »Ihr müsst auf jeden Fall

eine Anzeige schalten. Ich habe da schon einmal etwas aufgesetzt: *Strandnahe Ferienunterkunft mit persönlichem Ambiente*. Das wird euer Slogan und kommt in die Anzeige und auf eure Webseite.«

Er nimmt einen Schluck Tee und verzieht das Gesicht.

»Strandnah? Persönliches Ambiente? Ist das ein Code für Eingeweihte?«, fragt Wong, bevor Satnam einen Kommentar zu seinen Teekochkünsten abgeben kann. Oder nach der Adresse unserer Webseite fragen kann, die es natürlich nicht gibt.

Satnam nickt. »*Strandnah* heißt, dass es eben nicht am Strand liegt und man eine Weile marschieren muss.«

»Auf Juist ist doch alles in der Nähe des Strandes«, widerspreche ich.

Juist ist zwar siebzehn Kilometer lang, aber wirklich nicht breit, an manchen Stellen nur 500 Meter. Wenn man also nicht längs, sondern quer geht, steht man immer binnen Minuten mit den Füßen im Salzwasser. Also, außer bei Ebbe.

Satnam ignoriert mich. »Und *persönliches Ambiente* bedeutet, dass ihr eben keine Profis seid und manches noch in den Kinderschuhen steckt. Oder im Argen liegt.« Er schaut bedeutungsschwer auf seine Teetasse.

»Ich mag meinen Tee gern stark«, erklärt Wong ungefragt.

Satnam geht nicht auf ihn ein. »Ich darf doch davon ausgehen, dass eure Zimmer alle Dusche und WC, Fernsehgerät, Minibar, Fön und so weiter haben? Alles auf dem neuesten Stand?«

Unsere Zimmer haben noch gar nichts. Und werden auch nie etwas haben.

»Wir arbeiten daran«, schwindelt Wong.

Satnam seufzt. »Das ist die absolute Minimumausstattung. Drunter geht es heutzutage nicht.« Er raschelt mit seinen Papieren. »Später braucht ihr dann natürlich noch W-Lan und Computerspielkonsolen für die Kids und dergleichen mehr. Aber eins nach dem anderen. Vermutlich wollt ihr nur Übernachtung mit Frühstück anbieten, da müsst ihr nicht kochen. Und den Tee sollten sich die Gäste selbst aufbrühen, nicht jeder mag ihn so ... stark.« Satnam schielt zu Wongs Teekanne und raschelt rasch weiter. »Ihr solltet im übrigen Paketangebote schnüren.«

Wong und ich sehen uns an.

»Paketangebot heißt, mehrere Tage Übernachtung mit Frühstück inklusive Leihfahrrad, Besuch im Juister Küstenmuseum und Tee und Rosinenstuten in der Domäne Bill zum Pauschalpreis. Natürlich mit einem Glas Sekt zum Empfang. Was auf der Insel üblicherweise verlangt wird, habe ich euch hier einmal zusammengestellt.«

Satnam schiebt uns ein Blatt entgegen. »Und natürlich müsst ihr etwas Besonderes anbieten. Eure eigene Nische finden.«

»Nische?«

Satnam nickt. »Ja. Für Familien ist euer Haus zu klein. Ihr müsst Einzelreisende ansprechen. Lockt eine bestimmte Zielgruppe an.«

»Was für eine Zielgruppe?«

Stellt Wong sich nur blöd oder ist er so beschränkt?

Satnam schürzt die Lippen. »Keine Ahnung, was passt am besten zu euch? Habt ihr ein Hobby? Dann könnt ihr einschlägige Vereine bundesweit ansprechen, dass man bei euch verwandte Geister findet.«

»Hobby?«, wiederholt Wong. Wenn der Mann wirklich mein Bruder wäre, würde ich ihm jetzt eine Kopfnuss versetzen. Aber die interne Dienstaufsicht hat Tätlichkeiten gegenüber Untergebenen nicht so gern.

»Ja. Ich zum Beispiel bin Dartspieler. Hier auf Juist gibt es einmal im Monat ein Dartturnier in der *Welle*. In jedem meiner Ferienpensionszimmer hängt eine Dartscheibe zum Üben. Und meine Klientel besteht zu zwei Dritteln aus Dartspielern. Ich selbst habe im Turnier schon dreimal den ersten Platz belegt, zuletzt mit 3x Triple 19, also 171 Highscore.« Satnam lächelt. Einen Tick selbstgefällig.

Mir war erstens nicht klar, dass buddhistische Lendenschurzträger Dart spielen und zweitens, dass sie sich über ihre sportlichen Triumphe so breit freuen dürfen. Hat das, inkarnationstechnisch gesehen, keine Negativfolgen?

Satnam schaut uns auffordernd an. »Und? Habt ihr ein Hobby?«

Ich schüttele sofort den Kopf.

Satnam lässt seinen Blick zu Wong wandern.

Wenn Wong etwas nicht kann, dann improvisieren. Also sagt er die Wahrheit.

»Origami.«

»Ori… Das mit dem Papierfalten?« Satnam kräuselt die Stirn. »Das ist aber blöd. Ich wette, es gibt nicht genug Origamisten, um eure Pension am Leben zu halten.« Gleich darauf strahlte er wieder. »Macht nichts, dann begnügt ihr euch eben mit normalen Single-Reisenden.«

Er steht auf. »Tja, das muss fürs Erste reichen. Wir sehen uns dann ja nachher.«

»Nachher?« Es ist mir tatsächlich völlig entfallen.

»Das Treffen der Pensionswirte. Sagt nicht, dass ihr nicht kommt.« Satnam wirkt tief enttäuscht. »Das ist aber wichtig. Die müssen euch doch kennenlernen. Wir sind hier eine große Familie. Warum wollt ihr euch denn nicht einbringen?«

Er schaut mich waidwund an.

»Äh ...«, sage ich. Mir fällt keine gute Ausrede ein. Ich bin auch nicht gut im Improvisieren.

»Aber natürlich kommt Meike, sie kommt sogar gern«, sagt Wong.

Und lächelt.

Idiot!

Das Abendessen verläuft in eisiger Stille. Es gibt Fertigpizza. Auf Juist gibt es drei Pizzabringdienste und alle liegen quasi bei uns um die Ecke, aber Wong und ich sind uns zumindest in diesem einen Punkt einig: So wenig Außenkontakt wie möglich! Also wird die Pizza selbst heiß gemacht.

Ugo schmollt – wegen der Geschichte mit dem Zimmerarrest und weil Fertigpizza für einen echten Italiener ein Schlag ins Gesicht ist. Missmutig kaut er seine Vier-Jahreszeiten-Pizza.

Wong schmollt, weil er »Pimp my Pizza« gespielt hat und unsere Fertigpizzen liebevoll mit Flusskrebsschwanzfleisch und extra Mozzarella und irgendwelchen Kräuterbüscheln verfeinert hat und das jetzt niemand zu würdigen weiß. Ugo und ich haben es nicht einmal gemerkt. Wong musste uns darauf aufmerksam machen.

Ich schmolle, weil ich mit der Gesamtsituation unzufrieden bin. Ugo ist nicht der Zeuge, den ich mir gewünscht habe, Wong ist nicht der Kollege, den ich gebraucht hätte, und ich bin nicht die Alphahündin, die ich sein müsste.

Nach dem Abendessen geht Ugo freiwillig in sein Zimmer und macht dort offenbar körperliche Ertüchtigungsübungen. Oder er schlägt einfach nur mit der Faust auf die Wand ein, weil ihm nun endlich bewusst geworden ist, wie sein Leben bis zur Verhandlung aussehen wird.

»Tja, ich gehe dann mal zu diesem Pensionswirtehappening«, sage ich zu Wong. »Sie erledigen den Abwasch.«

Wong schaut auf die Uhr über der Spüle. »Ich bin seit zehn Stunden im Einsatz und nehme jetzt meine mir zustehende Gewerkschaftspause. Sie waren ja gegen eine Nachtschicht.«

Wir lernen: Ich habe es nicht nur mit einem Dreijährigen zu tun, sondern mit zweien.

Wong geht nach oben auf sein Zimmer und kurz darauf höre ich das Blumenduett aus *Lakmé*. Ich spüle noch schnell ab, weil mich schmutziges Geschirr wahnsinnig macht. Obwohl das nicht in meiner Stellenbeschreibung steht und auch ich der Gewerkschaft angehöre.

Dann schnappe ich mir das zum Haus gehörende Hollandrad und radele zum Siedlungsweg, wo einer der teilnehmenden Pensionswirte seine Kollegen und somit auch mich in seiner guten Stube empfängt.

Ich treffe als Letzte ein. Satnam, der Depp, ist nicht da. »Hat abgesagt. Er macht Powermeditationscoaching für einen Inselgast – ein Notfall«, sagt der Gastgeber und reicht mir ein Glas Doornkaat. Ich kippe das Zeug auf ex, was mir den Respekt der Anwesenden und den Protest von Speiseröhre und Magen einbringt.

Ich kann ohnehin nicht gut mit Menschen und mit Menschen, die von mir etwas hören wollen, was ich a) nicht liefern kann, weil ich nämlich keine Ahnung von Pensionswirtschaften habe und definitiv keine eröffnen werde und denen ich b) eigentlich in oscarreifer Vorstellung Sand in die Augen streuen sollte, mit solchen Menschen kann ich schon gleich gar nicht. Es gibt noch mehr Doornkaat. Das hilft.

Offenbar bin ich in die Neuwahl des Vorstands geraten.

»Als scheidender Vorsitzender der *Pensionswirte Juist e.V.* habe ich die große Ehre, diese rot-goldene Schärpe dem neu gewählten Pensionswirtevereinsvorsitzenden zu überreichen. Und der …« Der Häuptling des Vereins legt eine dramatische Pause ein. »… bin ich. Danke, für die Wiederwahl. Danke, danke, danke.« Er verneigt sich in alle Richtungen. »Ich will versuchen, die großen Fußstapfen meines Vorgängers mit Würde und Herzblut auszufüllen.«

Er lacht. Alle lachen mit.

Wir trinken noch mehr Doornkaat.

Es wird doch noch ein sehr netter Abend. Wobei ich nicht genau sagen kann, inwieweit das dem Doornkaat zuzuschreiben ist.

Möglicherweise radele ich hicksend und in Schlangenlinien nach Hause. Ich will das nicht gänzlich ausschließen.

Leise lasse ich mich ins Haus, gehe in die Küche und setze Kaffee zum Ausnüchtern auf. Während die Maschine blubbert, starre ich dümmlich grinsend Luftlöcher. Das Leben kommt mir auf einmal gar nicht mehr so furchtbar vor. Hicks.

Aber schon nach der ersten Tasse setzt nicht nur die Aus-, sondern auch die Ernüchterung ein.

Hat Wong recht? Unterschätze ich die Gefahr?

Ugo, dieser *David* von einem Italiener, diese samtigsüße Leckerschnitte auf zwei Beinen, ist – das führe ich mir in aller Deutlichkeit vor Augen – kein harmloses Jüngelchen, das ohne eigenes Zutun in schlimme Dinge verstrickt wurde.

Nein. Ugo Canoli ist der jüngste Spross einer seit Jahrhunderten in Raub, Mord, Schutzgelderpressung und Drogenhandel tätigen »Familie«. Einer Familie, der die Welt verdankt, dass sich die italienische Mafia im Zuge der Globalisierung mit einer der abgebrühtesten Hongkong-Triaden zusammengetan hat. Ich habe keine Ahnung, inwieweit Ugo in diese Machenschaften verstrickt ist – seine Akte war ja für uns geschwärzt worden –, aber Ugo ist definitiv kein Unschuldslamm. Hicks.

Mit Hilfe des Restalkohols in meinem Blut spekuliere ich noch ein bisschen. Es gibt mehrere Canoli-Söhne. Vielleicht ist Ugo in der Nachfolgeregelung gnadenlos ausgebootet worden und das ging Ugo ziemlich gegen den Strich. Ohne seinen gekränkten Stolz würde Ugo jetzt nicht auf Juist der erzwungenen Langeweile frönen, sondern als Jung-Manager die Abteilung »Designerdrogen« seines international agierenden Verbrecherkonzerns leiten. Billige Rachegelüste haben ihn zum wichtigsten Kronzeugen der jüngeren deutschen Rechtsgeschichte gemacht. Ein Kronzeuge, der inzwischen in Tiefschlaf gefallen ist, wenn ich die Schnarchgeräusche aus seinem Zimmer richtig deute, die mühelos sogar Doppeltüren durchsägen.

Die Canoli-Familie kann es nicht einfach hinnehmen, wenn einer der ihren zum Verräter wird. Es geht schließlich um Millionen-, ach was, um Milliardenbeträge. Und natürlich um die Ehre. Wong übertreibt sicher nicht, wenn er hinter jedem Busch einen gedungenen Killer vermutet.

Ich ziehe meine Walther PPK aus dem Hosenbund und streichele sie zärtlich.

Die sollen nur kommen, diese Killer. Hicks. Wenn ich etwas gut kann, dann punktgenau schießen. Bei der halbjährlichen Tauglichkeitsprüfung im Umgang mit der Dienstwaffe schneide ich immer im oberen Drittel ab.

Ich lächele stolz in mich hinein.

Wir lernen: Stolz wird vom Schicksal stante pede abgestraft.

Plötzlich höre ich nämlich verdächtige Geräusche.

Es sind nicht die sägenden Schnarcher von Ugo. Vielmehr klingt es metallisch, durchsetzt mit lautem Stöhnen.

Wong!

Ich umfasse die Walther mit beiden Händen und schleiche die Treppe hoch. Gut, dass sie nicht knarzt. Besser noch, dass meine Schnürschuhe eine superweiche Ledersohle haben.

Das metallische Geräusch wird lauter, je weiter ich nach oben steige.

Es kommt aus Wongs Zimmer.

Ich lausche.

Das Stöhnen ist erbärmlich.

Wird Wong gefoltert? Mit Metall?

Bevor mir meine Fantasie wilde Streiche spielen kann, hole ich tief Luft, zähle auf drei und trete dann die Tür ein.

»Keine Bewegung!«, brülle ich.

Wong liegt nackt auf dem Bett, alle viere von sich gestreckt.

»Keine Bewegung!«, wiederhole ich.

Wong ist allein. Auf dem Nachttisch steht ein Radio. Aus dem ertönt in diesem Moment eine Stimme: »Deutschlandradio, Atelier neue Musik. Sie hörten eine zeitgenössische Komposition von …«

»Was ist?«, ruft Wong und obwohl ich doch eben noch »Keine Bewegung!« gerufen habe, springt er aus dem Bett. Seine Insubordination muss ich mal thematisieren. Aber nicht jetzt. Nicht, solange er nackt vor mir steht.

Ich lasse die Waffe sinken.

»Hallo, was isse los? Musse Ugo sich Sorgen mache?«, ruft Ugo von nebenan.

»Nein!«, brüllt Wong – immer noch nackt. Er stemmt die Hände in die Hüften.

Ich wende den Blick ab. Möglich, dass ich knallrot werde. Wong steht Ugo in nichts nach.

»Isse wirklich alles in Ordnung?«, hakt Ugo nach.

»Ja!«, donnert Wong.

»Es klang, als würde man hilflose Welpen in einen Mixer werfen«, versuche ich mich zu verteidigen.

»Das war eine zeitgenössische Komposition für Stimme und Xylophon«, erläutert Wong.

Ich verziehe meine Lippen zu einem Quasi-Lächeln und sage: »Ich dachte, Sie wollten schlafen. Aber offenbar wollten Sie sich nur mit zeitgenössischem Gejaule … stimulieren.«

Bevor Wong protestieren kann, drehe ich mich um und gehe.

Zwei Dinge habe ich an diesem Abend gelernt.

Wong hat einen Sixpack.

Und die Gerüchte über die Ausstattung asiatischer Männer sind unzutreffend.

Ugo gewinnt Freunde und beeinflusst Menschen

Am nächsten Morgen ist Ugo verschwunden.

Ich erfahre das gleich nach Wong, der es als Erster erfahren hat.

Wong stürmt in mein Zimmer. Ich liege nicht nackt auf dem Bett, sondern in meinem Flauschenachthemd unter der karierten Decke.

»Er ist weg«, sagt Wong nur. Dass der Mann sich im Zustand höchster panischer Erregung befindet, erkennt man höchstens am Zucken des linken Wangenmuskels. Stimmlich klingt er völlig ruhig. »Ich habe das Haus schon zweimal durchsucht. Hier ist er nicht.«

Ich ziehe die Decke bis ans Kinn und schaue auf den Wecker. Sechs Uhr dreißig. Es muss etwas passiert sein, das ist definitiv nicht Ugos Aufstehzeit.

»Ich habe Ihnen ja gesagt, dass wir Nachtwache halten sollten«, kann Wong sich nicht verkneifen, bevor er wieder geht, um weiterzusuchen.

Ich springe aus dem Bett und in meinen Trainingsanzug.

Als ich im Erdgeschoss ankomme, läuft Wong bereits mit der Waffe im Anschlag draußen ums Haus. Ich kann nur hoffen, dass keine Frühaufsteher vorbeikommen und das sehen.

Mir fällt Wongs Waffe auf. Natürlich hat Wong eine vollautomatische Glock 18. Das FBI führt solche Waffen, weil sie über einen integrierten Kompensator verfügen, der sie speziell bei schnellen Schussfolgen leichter kontrollierbar macht. Man kann auch von Einzel- auf Dauerfeuer umschalten. Wird vom BKA standardmäßig nicht ausgegeben, muss Wongs Privatwaffe sein. Streber.

Ich rase mit meiner Walther hinterher. In mir rasen die Gedanken. Wenn ein Auftragsmörder sich Zugang zum Haus verschafft hätte, wären wir jetzt alle tot, nicht nur Ugo. Und er hätte die Leiche auch nicht entsorgt. Im Gegenteil. Wer seine Familie verpfeift, wird – zur Abschreckung – noch möglichst blutig garniert der Öffentlichkeit präsentiert.

Bleibt, summa summarum, nur eine Möglichkeit: Ugo hat die Flatter gemacht.

Am Zaun, der unseren Garten von seinem trennt, treffe ich auf Satnam. Er trägt wieder seinen Gandhi-Lendenschurz und hält eine dampfende Tasse Tee in der Hand. »Namaste!«, ruft er.

»Danke, für mich keinen Namas-Tee«, sage ich. Hat er gesehen, wie ich meine Walther PPK in meiner Trainingsjacke habe verschwinden lassen? »Ich suche U… meinen Mann.«

Wie lautet gleich wieder sein blöder Deckname? Matteo? Michele? Manuel? War es nicht irgendwas mit M?

»Marco?« Satnam pustet die kleine Dampfwolke über seinem Becher auseinander. »Ja klar, der ist joggen. Ich hab ihn zum Hammersee geschickt. Gibt optisch einfach am meisten her. Zauberwald eben.« Die Hand mit dem Becher fährt in Richtung Meer aus.

»Joggen?«

Satnam nickt.

»W…«, rutscht es aus mir heraus. Ich will natürlich *Wong* rufen, aber Wong heißt ja nicht Wong. Ich hasse diese ganze Decknamenkiste, weil man natürlich in höchster Erregung keinen blassen Dunst mehr hat, wer wie heißt. »Mein Bruder!«, brülle ich, was ein wenig nach Winnetou und Old Shatterhand klingt, aber funktioniert und das ist ja die Hauptsache

Wong kommt um die Ecke gelaufen. Die Waffe im Anschlag. »Gefunden?«

Da sieht er Satnam.

Das ist jetzt blöd.

»Paintball«, sage ich. »Das spielen wir gern. Vor allem zur Versöhnung. Nach dem Streit von gestern.«

Wenn Satnam sich auch nur ansatzweise mit Paintball auskennt, weiß er, dass die Farbkleckse nicht mit winzigen Handfeuerwaffen abgeschossen werden. Aber ich habe Glück.

Satnam lächelt nur milde, wie man über jemand lächelt, der ein albernes Hobby hat. Briefmarkensammeln. Monumentnachbauten aus Streichhölzern. Paintball.

»Dann habt ihr ja doch ein Hobby. Ihr solltet alle Paintballer Deutschlands einladen und dann hier auf der Insel mit ihnen paintballen.«

»Tolle Idee, das machen wir!«, sage ich zu ihm und: »U… äh … M-Dings … ist joggen«, sage ich zu Wong.

Wong kapiert sofort. Er schiebt seine Waffe in den Hosenbund und joggt los.

»Tja, dein Bruder joggt in die falsche Richtung. Der Hammersee ist auf der anderen Seite«, sagt Satnam und pustet noch ein wenig Atemluft in seine Teetasse.

»Ist ja 'ne Insel – irgendwann stoßen die beiden schon aufeinander.« Ich gehe in die Küche und setze erst mal Teewasser auf. Offenbar färbt Wongs asiatische Teewassergelassenheit auf mich ab.

Eineinhalb Stunden später sind meine Männer wieder da. Windzerzaust – denn der Wind hat wieder ordentlich zugelegt.

Wongs Wangenmuskel zuckt immer noch. Von wegen asiatische Gelassenheit. Endlich zeigt die eiserne Maske erste Risse. Er sagt aber nichts, kein Wort, köchelt nur vor sich hin und erinnert dabei sehr an einen Dampfkochtopf. Wenn Wong irgendwann einmal überdruckbedingt explodieren sollte, möchte ich nicht in der Nähe sein.

»Ugo isse glücklich. Was für eine Insel, fantastico!«, schwärmt Ugo und tupft sich mit dem Küchenhandtuch die Schweißtropfen vom makellosen Männerkörper.

»Seit wann treiben Sie denn Sport?«, verlange ich zu wissen.

»Weit ist er nicht gekommen, ich habe ihn bei Wattführer Heino gefunden.«

Ugo setzt sich an den Küchentisch. Zum Joggen hat er offenbar nichts weiter als seine Bruno-Banani-Shorts getragen.

»Heino isse sich stattlich geprüfter Watteführer, kenne sich aus«, erklärt Ugo. »Habe Ugo gebucht Führung für uns drei zu die Wattwürmer.«

Wong knallt seine Glock auf die Küchentheke. »Der schnallt es einfach nicht.« Auch jetzt wird er nicht laut. Nur deutlich.

Andere geben Körpergeruch ab, Wong gibt Wut ab. Sie liegt greifbar in der Luft. »Legen Sie es bewusst darauf an, umgebracht zu werden, Herr Canoli? Wenn Sie Selbstmord begehen wollen, können Sie das einfacher haben – hier liegt meine Waffe: Bedienen Sie sich.«

Ugo verzieht das Gesicht zu einem jovialen Aber-nichtdoch-Grinsen. »Nichte aufregen, Signor Wong. Isse alles halb so wild. Heino nicht wolle Ugo umbringe, da isse sich Ugo ganz sicher.«

Da bin ich mir auch sicher und bestimmt ist sich auch Wong diesbezüglich sicher, aber um Wattführer Heino geht es hier ja auch nicht.

»Herr Canoli, Sie befinden sich in akuter Lebensgefahr. Jedes Mal, wenn Sie dieses Haus verlassen, setzen Sie Ihr Leben aufs Spiel. Das müssen Sie sich klarmachen.« Ich rede ihm gut zu, wie man einem Kleinkind gut zuredet. Beinahe hätte ich ihm über die Locken gestreichelt.

»Sie tun, was wir Ihnen sagen!«, heischt Wong streng. Das »solange Sie Ihre Füße unter unseren Tisch stellen« schwingt wieder mit.

Ugo kichert. »Guter Cop, böser Cop. Was es gebe zu Frühstück für Ugo?«

Ich stelle ihm das Glas mit dem restlichen Kaviar auf den Tisch. Gemäß dem Prinzip Zuckerbrot und Peitsche.

Wong schüttelt den Kopf und rollt, als ich nicht gleich reagiere, mit den Augen.

»Was isse das?«, fragt Ugo konsterniert.

»Na, Kaviar«, sage ich. »Der Rest vom letzten Mal.« Nur dass ich den Kaviar nicht, wie Wong, umgefüllt habe, sondern ihn im Glas auf den Tisch stelle. Wozu die Umstände?

Ugo nimmt das Glas zur Hand und starrt ungläubig auf das Etikett. »*Vegetarischer Caviar*?«, ruft er und wird sichtlich grün. »Aus Seetang-Ersatz?«

Ugo würgt.

Er lässt das Glas fallen und stürzt zur Gästetoilette im Flur. Gleich darauf hört man Würgegeräusche.

Ich hebe das unversehrte Glas auf, schraube den Deckel auf, tunke meinen Zeigefinger in die schwarzen Kügelchen und probiere.

»Was hat er denn? Schmeckt doch lecker.«

Der Gedanke, Kaviarersatz aus Algen verspeist zu haben, setzt Gourmet Ugo so sehr zu, dass er sich ungefrühstückt und mit einem Espresso aus der heimischen Maschine freiwillig in sein Zimmer sperren lässt.

»Ugo isse nicht gut«, jammert er und lässt sich auf das ungemachte Bett fallen.

»Lesen Sie etwas, das lenkt ab.«

Ugo funkelt mich böse an. »Ugo wolle nicht lesen! Isse öde!«

»Lesen öffnet Ihnen neue Welten.«

»Ugo wolle Fernsehgerät. Mit 500 Programme.«

»Ich sehe zu, was sich da machen lässt«, weiche ich vage aus.

»Ugo isse nicht glücklich hier«, ruft er noch, als ich die Zimmertür abschließe.

»Wir bekleckern uns bei diesem Einsatz nicht gerade mit Ruhm«, sage ich zu Wong, als ich gleich darauf in die Küche komme. »Außerdem müssen wir Ugo irgendwie beschäftigen. So geht das nicht weiter.«

Wong meditiert über einer Tasse Tee. »Ich bin ja nicht der leitende Ermittler«, konstatiert er. »Lassen Sie ihn doch Makramee machen.«

»Oder er lernt von Ihnen Origami?«, stichele ich.

»Das steht nicht in meiner Stellenbeschreibung.«

Für diesen lässig hingeworfenen Satz möchte ich ihn am liebsten mit dem Nudelholz erschlagen.

Bevor ich aber die entsprechende Küchenschublade aufziehen kann, klingelt das Telefon. Festnetz.

Ich schaue Wong an. Der verharrt reglos in seiner Tiefenmeditation.

Also nehme ich den Hörer ab und sage …

Mist, verdammter!

»Mustermann«, souffliert Wong.

Idiot!

»Mustermann«, wiederhole ich.

»Wer?«, fragt eine Männerstimme.

»Mus-ter-mann«, wiederhole ich dezidiert.

»Falsch verbunden.« Am anderen Ende der Leitung wird der Hörer auf die Gabel geknallt.

»Merkwürdig«, sage ich zu Wong und wittere Gefahr. Unsere Nummer steht nicht im Telefonbuch. Sind uns die Killer so rasch schon so nahe gekommen?

Es klingelt erneut.

»Mustermann«, sage ich mit Misstrauen in der Stimme.

»Wagenkötter, sind Sie das?« Es ist der Chef.

»Herr Hansen, wie nett«, plappere ich, um etwas zu sagen. Ich hätte auch »Wir haben unseren Zeugen nicht im Griff und so gut wie die ganze Insel weiß über ihn Bescheid«, sagen können, aber ich finde das als Gesprächseinstieg kontraproduktiv.

Hansen ist kein Freund langer Worte. »Frau Wagenkötter, wir haben beunruhigende Nachrichten erhalten. Das Kopfgeld für Canoli wurde auf eine Viertelmillion erhöht. Das ist ein enormer Anreiz für dieses kriminelle Gesocks.«

Eine Viertelmillion ist für so gut wie jeden ein enormer Anreiz, auch brave Bürger könnten da schwach werden. Warum nur ist Ugo so viel wert?

»Und da ist noch etwas.« Hansen stockt.

Ich ahne Schlimmes.

Mein erster leitender Außeneinsatz. Bestimmt stehe ich unter Überwachung. Hansen weiß, dass hier das Chaos tobt. Oder hat Wong gepetzt?

»Möglicherweise haben wir ein Leck.«

Es knistert in der Leitung. Habe ich mich jetzt verhört?

»Wie bitte?«

»Wir haben eine undichte Stelle.«

»Ein Leck?« Ich schaue automatisch auf den Linoleumboden, als ob sich unter mir eine Lache mit Spülwasser gebildet hätte.

»Ein Leck«, wiederholt Hansen. »Womöglich ist durchgesickert, dass Sie sich mit Canoli auf Juist befinden. Seien Sie auf der Hut. Wenn es stimmt und die Killer auf die Insel kommen, dann fliegen wir Sie sofort aus. Verstanden?«

»Äh ...«

Aber Hansen hat schon aufgelegt.

Müßiggang für den Verbrecher bedeutet nicht zwangsläufig auch Müßiggang für die Hüter des Gesetzes.

Während Ugo grün im Gesicht auf seinem Bett liegt und am Leben und an der Idee von Ersatzkaviar leidet, setze ich Wong von dem Leck in Kenntnis.

Ein Leck, das keinen Namen hat.

»Ich würde ja auf Biedenkopf tippen«, spekuliere ich. »Seine Reisekostenabrechnungen sind nie korrekt. Und er verrechnet sich ausnahmslos immer zu seinen Gunsten.«

Wong hat derweil seine Waffe gezogen und sich an das Fenster zur Straße gestellt. Draußen ist aber niemand zu sehen, denn der immer wieder auffrischende Wind hat sich mittlerweile zu einem veritablen Sturm entwickelt. Es heult und pfeift.

»Das ändert die Sachlage natürlich völlig«, konstatiert Wong.

Ich nicke nachdenklich. »Gott, wenn ich bedenke, dass ich ihn letztes Jahr bei der Weihnachtsfeier als Wichtelpartner gezogen habe. Er hat einen Nasenhaartrimmer von mir bekommen.«

Wongs Kopf dreht sich in Zeitlupe zu mir. Wenn er ein Drache wäre, würde er jetzt kleine Rauchwölkchen aus den Nüstern schnauben. »Ich spreche nicht von unserem Verhältnis zu Kollegen, die möglicherweise oder auch nicht korrupt geworden sind, sondern von unserer aktuellen Bedrohungslage. Wir haben jetzt Alarmstufe rot.«

Wong spricht streng. Er erinnert mich an meinen Vater. Der war Polizist und im Grunde bin ich nur zur Exekutive gegangen, um ihn stolz auf mich zu machen. Ein müßiges Unterfangen, denn ich war ihm bis zum Schluss nicht gut genug. Ich denke noch oft an ihn, zuletzt, als ich die leitende Ermittlerin in diesem Einsatz wurde. Ob er jetzt stolz auf mich wäre? Nein, vermutlich nicht.

Ich versuche, diese Gedanken zu verscheuchen. Das modernde Laub der Vergangenheit zusammenzuharken ist lebensgärtnerische Sisyphusarbeit – es modert grundsätzlich immer schneller als man harken kann.

Außerdem ist mein Vater nicht tot, sondern nur im Zuge seiner Midlife-Krise mit einem Busenwunder in die Südsee ausgewandert, wo die beiden auf Pitcairn eine Strandbar betreiben. Angeblich sogar recht erfolgreich. Zu Weihnachten schickt er mir immer ein Foto von sich und ihr und irgendwelchen Insulanern, die ich nicht kenne, die aber bestimmt mit den Bounty-Meuterern verwandt sind.

Mein Vater ist also nicht mehr da. Aber jetzt habe ich ja Wong als Korrektiv. Das darf ich ihm natürlich nicht durchgehen lassen. Schließlich ist er nicht mit mir verwandt. Und auch nicht alt genug, im Gegenteil, fünf Monate und drei Tage jünger als ich.

Ich öffne den Mund und sage – nichts, denn Wong ist schneller.

»Wir müssen davon ausgehen, dass der oder die Killer genau wissen, wo wir uns aufhalten.« Er schließt die Jalousie, was er gleich darauf an allen Fenstern im Erdgeschoss macht. »Es ist unmöglich, einen Zeugen effektiv zu schützen, wenn die Gegenseite Kenntnis vom Aufenthaltsort hat. Was wir als Erstes benötigen, ist Verstärkung. Und dann ein neues Safehouse.«

Der Mann hat absolut recht, aber es ärgert mich, dass er mit seiner Schlussfolgerung schneller war als ich. Natürlich weiß ich vom Kopf her, dass Wong schon unzählige Vor-Ort-Einsätze auf dem Buckel hat, ich dagegen nur eine Handvoll. Und die auch nur während der Ausbildung. Bei mir darf noch alles etwas langsamer gehen, auch und gerade die Entscheidungsfindung. Aber vom Bauch her denke ich: »Idiot!«

Wong kommt wieder in die Küche. Er bleibt im Türrahmen stehen.

Durchtrainiert, wie er ist, mit weißem Hemd und Weste – das Jackett hat er ausgezogen –, die Glock in der Rechten, erinnert er sehr an James Bond. Nur einen Kopf kleiner, längst nicht so klassisch gut aussehend, ohne den unwiderstehlichen Charme und ohne Champagner im Blut. Eben die asiatische James-Bond-Version.

Ich bin aber nicht das Bond-Girl, ich bin meine eigene Heldin. Typ Lara Croft. Nur im Jersey-Hosenanzug und mit kurzen, mausbraunen Haaren.

»Wollen Sie nicht anrufen?«, fragt Wong vom Türrahmen aus.

»Wen?«, frage ich zurück.

Wong sieht mich nur an. In diesem Blick kann alles liegen. Verachtung, Mitleid, Leidenschaft. Ich würde gern lernen, diesen Blick zu knacken. Asiaten sind auch nur Menschen. Es muss eine Achillesferse geben, an der man erkennt, was hinter der undurchdringlichen Gesichtsfassade liegt. Irgendein Mikroausdruck, den Dr. Lightman aus *Lie to Me* schon längst identifiziert und interpretiert hätte. Ein Zucken des Ohrläppchens, die Haltung des kleinen Fingers der linken Hand, die Wuchsrichtung des dritten Barthaares von rechts am Kinn.

»Hansen«, sagt Wong in meiner Überlegungen hinein. »Sie sollten den Chef anrufen und um Verstärkung und Verlegung bitten.«

Ja, das sollte ich.

Das werde ich aber nicht.

Das hätte mir nämlich schon während des Telefonats mit Hansen einfallen müssen. Wenn ich jetzt anrufe, vermittelt das einen unprofessionellen Eindruck. Als ob ich zu langsam denke. Was ich ja auch tue, aber darum geht es jetzt nicht.

»Ihnen ist die Entscheidungshierarchie offenbar immer noch nicht bewusst, Kollege Wong«, sage ich deshalb. »Sichern Sie das obere Stockwerk und lassen Sie mich meine Arbeit tun.«

Wong sieht aus, als wolle er sich mit mir ein Blickduell liefern, aber für solche Spielchen bin ich nicht zu haben. Nicht zuletzt deshalb, weil ich weiß, dass ich dabei verlieren werde.

Also drehe ich mich um und tue das, was eine leitende Ermittlerin in einem der spektakulärsten Zeugenschutzfälle des 21. Jahrhunderts in Deutschland in einem solchen Moment zwangsläufig tun muss.

Ich mache den Abwasch.

Orkan über Deutschland.

Laut *Spiegel online* ist das ab jetzt die Norm. Danke, Klimakatastrophe! Wenn ich den Abend der Überfahrt schon schlimm fand, so sehe ich mich jetzt eines Besseren belehrt.

Jetzt geht die Welt wirklich unter.

Es ist Mitternacht. Ich sitze in der Küche über einer Tasse Kaffee während meiner Schlaflos-für-Ugo-Nachtschicht.

Die Walther PPK liegt neben mir auf dem Küchentisch.

Sollte Kollege Biedenkopf jetzt an der Tür klingeln, puste ich ihm sein schütteres Haupt mit den Akne-Narben und der Fielmann-Brille kommentarlos weg.

Draußen toben Höllenmächte.

Wenn ich nicht gerade im Unterdeck einer Fähre sitze, kann ich gut mit Sturm und Wind. Ich habe auch keine Angst vor Blitzen, zähle nie den Abstand zwischen Blitz und Donner und verkrieche mich nicht unter dem Küchentisch, wenn beides zusammenfällt und das Gewitter folglich direkt über mir ist.

Aber auf einer Insel zu sein, das ist ja ein wenig wie auf einem Schiff zu sein. Nur ohne Fahrt aufnehmen zu können. Man sitzt hilflos wie eine Laborratte im Käfig und muss abwarten, was der große Experimentator im Himmel mit einem vorhat.

Und seien wir ehrlich, Juist ist ja nicht wirklich groß. Größer vielleicht als eine Hallig, aber definitiv kleiner als beispielsweise Australien. In Australien hätte ich mich vor so ein bisschen Sturm mit Wellengang nicht gefürchtet, behaupte ich mal kühn. Aber hier so auf Juist …

Was, wenn so eine Monsterwelle kommt und die Insel verschluckt? Möglicherweise wird die Nordsee Juist wieder ausspucken, aber ich werde auf immer in den brodelnden Tiefen des Salzwassers verschwinden.

An dieser Stelle meiner Gedankenkette kralle ich mich in die Tischkante. Ich habe echt das Gefühl, dass sich der Boden unter meinen Füßen bewegt hat. Kann so ein Sturm eine Insel aus der Verankerung reißen?

Es ist auch tierisch laut. Der Wind pfeift und bellt und immer wieder knallt vorüberfliegendes Geäst donnernd gegen die Hauswand. Die ganze Insel scheint zu ächzen.

Es ist mir absolut schleierhaft, wie die Jungs oben dem Schlaf der Gerechten frönen konnten. Oder liegen sie zitternd in ihren Betten, was sie aber niemals zugeben können, weil sie ja echte Kerle sind?

Ich bin kein echter Kerl und ich brauche jetzt sofort das Gefühl, inmitten des Wütens infernalischer Kräfte nicht allein zu sein.

Ich schleiche mich nach oben. Lautlos wie eine Schleichkatze auf imprägnierten Gummisohlen.

Am Kopfende der Treppe liegt links Ugos Zimmer.

Bedenkenlos öffne ich die Tür. Auf Ugos Nachttisch brennt eine kleine Lavalampe, in der sich lila Schlieren durch eine transparente Flüssigkeit ziehen.

Ugo liegt wild verrenkt auf dem Bett.

Mühlenstellungen in Ostfriesland

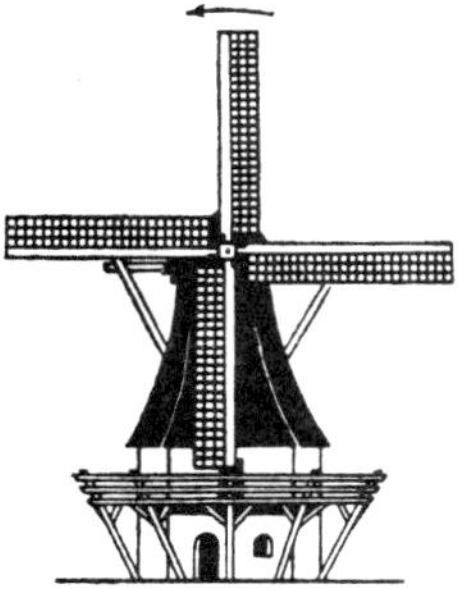

Kurze Arbeitspause
oder Reparatur

Längere Arbeitspause
oder Feiertage

Freudenschere

Trauerschere

Absender:

Wenn man im Fernsehen solch verrenkte Körper sieht, sind sie tot. Aus großer Höhe auf das Pflaster geknallt oder von einer mutierten Riesenechse als Knetgummispielzeug missbraucht. Aber im Licht der Lavalampe ist überdeutlich zu sehen, wie sich Ugos gelockter Brustkasten schnarchlos hebt und senkt und hebt und senkt.

Er schläft nackt, die Bettdecke hat er von sich gestrampelt. Der Vollständigkeit halber möchte ich an dieser Stelle erwähnen, dass er – im Ganzen betrachtet – weniger behaart ist, als ich es bei einem Italiener gedacht hätte.

Ein makelloser Männerkörper. Ich bin kurzzeitig versucht, aus *Die Geschichte der O.* mal eben rasch *Die Geschichte des U.* zu machen. Aber ich bin ja Staatsbedienstete und überdies nicht zum Vergnügen hier.

Außerdem tost und donnert es draußen jetzt noch lauter und angesichts der Naturgewalten fürchte um mein Leben. Angst schlägt Libido k.o.

Leise, um Ugo nicht zu wecken – was Quatsch ist, weil draußen jetzt schon Dachschindeln und Mülltonnen vorbeifliegen, ohne dass er das mitbekommt – ziehe ich die Tür zu.

Wongs Zimmer liegt rechts von der Treppe. Ich presse mein Ohr an die Tür. Natürlich sinnlos. Ich höre ein Stöhnen und Ächzen, aber es kommt von draußen. Der Deutschlandfunk mit seiner Sendung für moderne Musik ist es jedenfalls nicht.

Es scheint, als würde die Insel selbst unter dem Angriff des Orkans jaulen. Habe ich nicht irgendwo gelesen, dass Juist bei einer ganz ähnlichen Sturmflut im 17. Jahrhundert in zwei Teile zerbrochen ist? Wird sich das heute Nacht wiederholen? Haben wir Rettungswesten im Haus? Sauerstoffflaschen? Ein aufblasbares Gummiboot?

Vorsichtig drücke ich den Türknauf nach unten. Neben Wongs Bett brennt ebenfalls eine Nachttischlampe, allerdings eine normale. Der Nachttisch steht links vom Bett und auf ihm befindet sich nicht nur die Lampe, sondern auch Wongs vollautomatische Glock 18. Wong ist Linkshänder. Als Kind habe ich ja immer gedacht, Linkshänder seien Spiegelbildwesen, die ihren Spiegeln entkommen waren. Das denke ich jetzt nicht mehr. Obwohl man bei Wong schon ins Grübeln kommen kann.

Wong selbst liegt flach wie ein Brett im Bett. Er ist so hager, dass es unter der dünnen Decke ein wenig so aussieht, als würde nur ein Kopf mit schwarzem Schopf auf dem Kissen liegen und sonst nichts.

Ich muss schlucken. Ist das nicht eine alte Mafia-Masche? Man legt zur Abschreckung einen Pferdeschädel ins Bett? Und in Ermangelung eines Pferdes eben einen Männerkopf? Wobei es auf der Insel ja eigentlich genug Pferde gibt.

Ich schleiche näher. Das Herz pocht mir bis zum Hals. Ich hätte als Jugendliche nicht so viele Horrorfilme anschauen sollen, aber diese Erkenntnis kommt jetzt zu spät.

Mir stockt der Atem, als ich mich vorbeuge. Die dünne Decke bewegt sich nicht. Als ob nichts darunter atmet.

»Wong?«, flüstere ich.

Kleiner Einwurf aus der Geschichte Japans: Angeblich beherrschten die Samurai-Krieger einen gellenden Schrei, der dem Feind so dermaßen durch Mark und Bein ging, dass ihm der Herzschlag stockte oder die

Aorta riss oder beides, egal, jedenfalls starb er den Sekundentod. Ein gefürchteter Schrei.

Ende des Einschubs, Fortsetzung des Berichts:

Wong schreit.

Während ich mich tief über ihn beuge, um zu erspüren, ob seiner Nase ein Lufthauch entweicht oder nicht, schreit er.

Es ist nicht das erschreckte Aufschreien eines aus dem Tiefschlaf Gerissenen. Es ist der gellende Kampfschrei eines Samurai. Noch im Schrei scheint er von unsichtbaren Kräften aus dem Bett katapultiert zu werden.

Und offenbar schläft er mit einer Machete in der Hand, denn als er auf dem Schlafzimmerboden aufkommt, bekleidet nur mit weißem Schiesser-Doppelripp-Sportslip, hält er ein riesiges Messer in der Hand. Ein Messer wie das von Crocodile Dundee im ersten Teil der Trilogie, als er sagt: »Ein Messer? Das ist doch kein Messer. *Das* ist ein Messer!«

Ich taumele rückwärts. Mir reißt nicht die Aorta, aber mein Herz bleibt definitiv stehen. Einen Moment lang, zumindest.

»Allmächtiger!«, entfährt es mir.

Wong sieht mich auf seinen Bettvorleger sinken, starrt nur kurz und läuft dann auf den Flur. Er lauscht in die Nacht hinaus – die donnernde, tosende, sturmgepeitschte Nacht –, huscht hinüber zu Ugos Zimmer, sieht vermutlich hinein, merkt, dass mit unserem Zeugen alles in Ordnung ist, und kommt zurück.

»Was sollte das denn?«, fragt er mich, als sei ich es gewesen, die eben völlig unvermittelt zum Stehaufmännchen geworden ist.

Ich erhebe mich mühsam vom Flokati.

»Draußen fegt ein Orkan über die Insel.«

Wong löscht das Licht und geht zum Fenster. Er zieht die Lamellen der Jalousie weit auseinander und schaut hinaus. »Und deswegen wecken Sie mich? Wegen dem bisschen Wind?«

Er zuckt auch dann nicht mit der Wimper, als ein Schaf am Fenster vorbeifliegt. Ich schwöre: ein Schaf!

(Wie sich später herausstellt, ein Gipsschaf aus Satnams Vorgarten, aber dennoch: ein lebensgroßes Schaf!)

Ich versuche, mir einen letzten Rest Würde zu bewahren. »Der Wind ist außergewöhnlich heftig. Ich fand, Sie sollten das wissen. Möglicherweise muss die Insel ja evakuiert werden.«

Wong hebt nur eine Augenbraue.

Was ich in dem Moment noch nicht weiß: Die Insel kann gar nicht evakuiert werden. Dafür ist der Orkan zu stark. Weder Fähren noch Flugzeuge, nicht einmal die Seenotrettung können bei diesem Sturm verkehren.

Und das Schaf sollte nicht das Einzige bleiben, was in dieser Nacht ein grausames Ende fand.

Denn auch wir finden ein grausiges Ende.

Also, nicht Wong und Ugo und ich persönlich, aber unsere Mission. Ich mache natürlich die ganze Nacht kein Auge zu. Auch als um drei Uhr Wong zur Ablösung in die Küche kommt – frisch ausgeruht und wie der junge Morgen aussehend –, bleibe ich einfach nur am Küchentisch sitzen und trinke literweise Kaffee – anfangs, solange der Strom noch funktioniert –, später dann Mineralwasser mit Kohlensäure, das mich zum Rülpsen bringt. Erst im Morgengrauen, das man wegen der dunklen Wolken jedoch nicht sehen kann, flaut der Sturm etwas ab. Aber nur graduell.

Ich bin hundemüde, aber ich sitze wie eine Eins auf der Küchenbank mit den geblümten Sitzkissen. Als ob ich ahne, was auf uns zukommt. (Wobei Wong später behauptet, mir sei zwischendurch immer wieder der Kopf in den Nacken gesackt, mein Mund sei aufgeklappt und ich hätte so laut geschnarcht wie ein Grizzly im Winterschlaf, was ich ihm nicht abnehme, trotz des Umstandes, dass ich beim Blick in den Spiegel der Gästetoilette eingetrocknete Sabberschlieren auf meinem Kinn entdecke.)

Wong ist ein großer Schweiger vor dem Herrn. Er sagt nichts. Kein Wort. Das muss man sich mal vorstellen. Von drei Uhr nachts bis sieben Uhr morgens schweigendes Nebeneinandersitzen.

Um acht klopft es an der Haustür. Der Strom geht ja noch nicht.

Es klopft heftig.

Wong geht aufmachen. Nicht zu Unrecht vermutet er, dass ich an meiner Bank mittlerweile festgewachsen bin.

»Buddha mit dir«, sagt Satnam und tritt in die Küche, Regentropfen auf der Nasenspitze und mit klatschnassem Gandhi-Gedächtnislendenschurz. Der Mann glaubt offensichtlich an Buddha, aber nicht an wasserfeste Regenkleidung. »Heute Nacht war ja ganz schön was los, nicht?«

Wong bietet ihm ein Glas Wasser an.

Ich rülpse.

»Der Strom müsste bald wieder da sein, aber drüben das Deichhaushotel hat es übel erwischt. Das Dach wurde komplett abgedeckt. Dazu ein fetter Wasserrohrbruch im obersten Stockwerk.«

»Aha«, sagt Wong.

Ich rülpse.

»Wegen des Sturms können wir die Leute momentan nicht von der Insel bringen und müssen sehen, wie wir sie jetzt untergebracht kriegen.«

»Aha«, sagt Wong.

Ich rülpse.

»Ihr habt doch noch zwei freie Zimmer, oder?«

»Die sind noch nicht bezugsfertig«, erklärt Wong und verschränkt die Arme.

Ich rülpse.

»Tja, Hauptsache, die Leute haben einen trockenen Zufluchtsort. Die sind auch nicht anspruchsvoll. Die wollen einfach nur eine Bude, wo sie halbwegs sicher und trocken abwarten können, bis man sie von der Insel bringen kann. Na, dann ist das ja geklärt. Ich hole sie mal eben.«

Das verschlägt mir dann doch das Rülpsen. Stattdessen gerate ich ins Hyperventilieren. »Wir bedauern wirklich sehr, aber es ist völlig unmöglich.« Ich stelle mich schwer atmend neben Wong.

»Leute, das hier ist eine Insel«, ruft Satnam. »Wir sind füreinander da, wenn es einen Notfall gibt.«

Wong guckt steinern, wie eine in Marmor gehauene Statue. Ich schaue entschuldigend und flöte: »Es tut uns unendlich leid, aber ...«

Satnam schneidet mir das Wort ab. »Hört mal, ich gehöre zum Insel-Rat und habe hier Befugnisgewalt. Das war keine Bitte, ich habe euch nur vorab in Kenntnis gesetzt. Die Leute packen schon und werden in diesem Moment auf die noch freien Zimmer auf der Insel verteilt. Es ist eure Christenpflicht zu helfen«, sagt er und ruckelt an seinem hinduistischen Schultertuch.

Wong schaut mich an. Ich schaue zurück.

Er denkt: Hätte sie sofort Verstärkung angefordert, wären die Zimmer jetzt belegt und wir würden keine Fremden, die potenziell gefährlich sein können, ins Haus bekommen.

Ich denke: Idiot!

Satnam denkt: Ungastliche Festländer. Das sagt er aber nicht laut. Laut sagt er: »Wir sehen uns dann nachher. Ich bringe die Leute in einer guten Stunde vorbei. Das Hotel gibt allen einen Fressbeutel mit, macht euch also wegen der Verköstigung keine Sorgen. Und bis heute Abend, spätestens morgen früh sollte der Sturm sich auch verzogen haben, hat die Wetterwacht durchgegeben, dann seid ihr wieder ganz für euch.«

Satnam spürt sich beim Gehen von unseren finsteren Blicken durchbohrt und verkneift sich das obligatorische »Buddha mit euch.«

»Was machen wir jetzt?« Ich bin die leitende Ermittlerin, aber ich habe keinen blassen Schimmer. Völliger Blackout der Denkregion im Hirn.

Wong schaut schon wieder mit dieser undurchschaubaren Maske, hinter der sich vielleicht ein atmender, fühlender Mensch verbirgt, vielleicht aber auch nicht. Dieses Pokerface geht mir auf Dauer auf die Nerven. Und zwar sowas von.

Ich hätte ihm am liebsten mit einer Stecknadel in den Oberkörper gepiekst, um zu sehen, ob dann Luft entweicht. Ob er tatsächlich lebt oder ob er nicht doch ein Android vom Planeten Wega ist, entsandt, um mich in die Weißglut zu treiben.

»Wir können nichts machen. Wenn wir uns dagegen wehren, werden wir auffällig, und das darf nicht geschehen. Wir bringen diese Leute einen Tag, maximal noch eine Nacht unter und damit gut. Selbst ein noch so gewiefter Killer kann zudem diese Situation nicht vorausgesehen haben. Wir werden also harmlose Touristen bekommen. Kurzum, so wie es ist, ist es gut.« Verkündet der mandeläugige Weise vom Berge Wong.

Aber so sehr es auch an mir kratzt, Wong hat nicht unrecht. Aller Wahrscheinlichkeit nach waren der oder die Killer aufgrund des Sturmes noch gar nicht auf der Insel. Selbst wenn, die zwangsweise auf die Restzimmer der Insel verteilten Touristen konnten es nicht sein. So abgedreht arbeitet nicht einmal Gevatter Zufall. Und wenn alle Stricke rissen, boten die zusätzlichen Gäste einen Kugelschutz für Ugo. Alles in allem schätzt Wong die Lage bestimmt richtig ein: So, wie es ist, ist es gut.

Aufgrund meines Herzrasens und des Panik-Blackouts der letzten Minuten merke ich jedoch eines ganz deutlich: Ich bin nicht aus dem Holz geschnitzt, das man braucht, um leitende Ermittlerin im aktiven Einsatz zu sein. Fürderhin werde ich mich auf Reisekostenabrechnungen konzentrieren. Sobald ich Ugo unversehrt vor Gericht gebracht habe, beantrage ich schriftlich meine dauerhafte Versetzung in die Buchhaltung.

Aber immerhin bin ich eine Frau. Und als Frau weiß ich, was zu tun ist, wenn sich Besuch angekündigt hat: »Also gut«, befehle ich Wong, »machen wir die Betten! Und es ist mir schnurzegal, ob das in Ihrer Stellenbeschreibung steht oder nicht!«

2. Akt

Auftritt: Das noch Bösere

Ugo will's noch einmal wissen

Sie kommen um 11 Uhr 11. Allerdings ist es nicht der 11.11. und es ist auch kein Faschingsumzug. Es sind nur drei Menschen, klatschnass und zerzaust und verdreckt, hereingeblasen vom immer noch sehr kräftigen Sturmwind. Karamellen gibt es keine. Dafür Handtücher von Wong, der erst mal alle bittet, sich abzutrocknen.

Satnam, der endlich den Naturgewalten seinen Respekt zollt und über seinem Gandhi-Schurz einen Friesennerz trägt, wenngleich er immer noch barfuß durch die Welt geht, streift den Nerz ab und stellt uns einander vor. »Darf ich bekannt machen. Die Mustermanns. Gunda Herrlacher-Knorr.«

»Der Wind, der Wind, das himmlische Kind«, zitiert Gunda Herrlacher-Knorr, die von Kopf bis Fuß geblümt daherkommt: gelbe Gummistiefel mit rosa Blüten, rosa Kleid mit lila Blumen, rote Regenjacke mit gelben Blättern. Ein Sommergarten auf zwei Beinen, wiewohl die Füllung der vielfarbigen Blütenhülle winterig ist, will heißen: bestimmt achtzig oder noch älter. Schwer einzuschätzen. Verfluchte Hormocenta-Creme. Wo ist nur die Zeit geblieben, als man den Alten ihr Alter noch so richtig angesehen hat? Mit Dutt und Kittelschürze und Stützstrümpfen und schlecht sitzenden dritten Zähnen?

Ich stehe in der Tür zur Küche, Ugo direkt hinter mir.

Als Ugo, dessen Zimmerarrest aufgrund des Besuchs vorübergehend aufgehoben wurde, Gunda Herrlacher-Knorr erblickt, geht er schutzsuchend hinter mir in Deckung. Automatisch fährt meine Hand zu meiner Walther PPK, die ich im Hosenbund versteckt habe.

»Erkennen Sie sie?«, zischele ich ihm zu, während draußen im Flur Wong der Frau die – natürlich geblümte – Reisetasche abnimmt und trocken wischt. Für eine Auftragsmörderin eigentlich zu alt, aber heute reicht die Rente ja für niemanden und jeder muss sehen, wie er sich noch ein Zubrot verdient. Kleinkinder und Greise verdächtigt in diesem Business niemand. Die perfekte Tarnung.

»Bäh.« Hinter mir gibt Ugo, die Hände auf den Knien abgestützt, Würgegeräusche von sich.

Mir erschließt sich das nicht sofort. Ist *Bäh* der Spitzname der Killeroma?

Ugo klärt mich auf. »Ugo hasse alte Menschen. Alte Menschen rieche nach Tod und Faulnis.«

»Wie bitte?« Ich drehe mich zu ihm um.

»Ugo habe Angst vor gar nichts …« Er schiebt den Unterkiefer vor. Dann senkt er den Blick. »… nur vor alte Mensche. Alte Mensche lecken. Müsse Windeln tragen.«

Ich rolle mit den Augen.

Zumal Ugo sich nicht die Mühe macht zu flüstern und man dem Haus einiges nachsagen kann, aber keine schlechte Akustik. Gunda hat jedes Wort gehört.

»Entschuldigung! Ich muss doch sehr bitten!«, empört sie sich. »Vergreifen Sie sich ja nicht im Ton, junger Mann! Ich bin alt, nicht tot – an mir fault rein gar nichts. Und ich bin auch nicht inkontinent!« Wenn sie so feurig schimpft, wirkt sie gleich viel jünger. Offenbar fällt sie damit aus seinem Greisenradar heraus, denn Ugo richtet sich auf und schiebt mich beiseite.

»Scusi!« Ugo läuft auf Gunda zu und nimmt ihre Rechte. Er stockt kurz, als er sieht, wie arthrös verkrümmt ihre reich beringten Finger in seiner Hand liegen, dann drückt er aber doch einen Kuss auf die mit Altersflecken übersäte Haut. Also, nicht wirklich direkt auf die Haut, aber doch hautnah darüber. »Scusi, Signora! Ugo isse ein dummer Junge. Ugo meine es nicht böse.«

Von schräg unten sieht er aus seinen samtigen Augen um Verzeihung heischend zu ihr auf.

Gunda seufzt. Ich seufze auch. Diesem Blick kann keine Frau widerstehen. Auch kein Mann. Nur Android Wong.

»Geht's da vorn mal bitte weiter?«, ruft er und schiebt Ugo mitsamt der an ihm hängenden Blumen-Gunda zum Fuß der Treppe.

Hinter ihm materialisiert sich ein Mann, der so breit wie hoch ist. Auch er scheint Ugos Charme nicht zu erliegen. Was auch daran liegen mag, dass Ugo bei seinem Anblick sichtlich zusammenzuckt und »Dio mio!« ruft.

Wir lernen: Ugo hat Angst vor alten *und* vor dicken Menschen.

»Die Mustermanns. Raimundus Weitenbacher«, souffliert Satnam.

Ugo schluckt schwer. Er lässt Gundas Hand los, flüstert mir noch zu, dass dicke Menschen keinen Schweiß, sondern Fett schwitzen und nach Fritteuse riechen und außerdem sei Fettleibigkeit ansteckend, dann macht er sich flugs vom Acker. Sprich, er hastet in sein Zimmer hinauf. Ein Handkuss für den Dicken ist nicht drin.

»Hier entlang bitte, Herr Weitenbacher«, sagt Wong und steigt schon mal ein paar Treppenstufen hoch.

»Professor Dr. Dr. Dr. h.c. Weitenbacher«, korrigiert Professor Dr. Dr. Dr. h.c. Weitenbacher, denn so viel Zeit muss sein. »Und ich schlafe im Erdgeschoss, danke.«

»Es gibt im Erdgeschoss kein Schlafzimmer«, rutscht es aus mir heraus.

»Noch nicht«, stellt Weitenbacher richtig.

Wong und ich tauschen bedeutungsschwere Blicke.

»Sie werden doch nicht erwarten, dass ich mich täglich mehrmals diese schmale Treppe hochquetsche und oben ausprobiere, ob die Statik dieses Hauses auch wirklich korrekt berechnet wurde, oder? Nein, das dachte ich mir, dieses Risiko will keiner von uns eingehen. Damit wäre das ja geregelt.« Er zieht eine Pfeife aus der Tasche.

»Im Haus wird nicht geraucht«, erklärt Wong, nur damit was gesagt ist. So sind Männer. Alpharüden müssen immer ihr Terrain markieren.

»Ich habe mir den Genuss des Rauchens schon lange abgewöhnt«, erklärt der Professor von oben herab, »das Nuckeln an der Pfeife dient mir als orale Ersatzbefriedigung.«

»Prima, ich sehe, ihr kommt alle gut miteinander klar«, freut sich Satnam, schnappt sich seinen Friesennerz und flieht in die Sicherheit des Sturms hinaus.

Weil das in Wongs Stellenbeschreibung nicht steht, feudele anschließend ich den Flur – zwei Paar schlammige Gummistiefelabdrücke und ein Paar schlammige, nackte Fußsohlen –, während Wong das Gepäck verteilt und ein Salbei-Räucherstäbchen aus dem Fundus von Satnam entzündet, um die »bad vibrations« aufzulösen.

Den Nachmittag verbringen wir damit, aus dem Wohnzimmer ein Schlafzimmer für den Professor zu machen. Gemütliches Beisammensein wird es von nun an nur noch in der Küche geben können.

Weil der Professor dem Klappsofa, auf dem Ugo seine erste allergische Nacht verbracht hat – wiederum aufgrund statischer Überlegungen – nicht traut, müssen Wong und ich – Ugo kann nicht helfen, weil, wie Ugo sagt, »Ugo habe Rücken« – das Sofa in den ersten Stock wuchten und eins der Gästebetten aus dem ersten Stock nach unten verfrachten. Wenn ich jemals bewiesen habe, dass ich als Frau meinen Mann stehen kann, dann an diesem Nachmittag. Allerdings sehen die Wände im Treppenhaus anschließend so aus, als habe sich ein urzeitlicher Dinosaurier kräftig daran geschrubbelt.

Aber eins beruhigt mich ungemein: Die arthritische Gunda und der fettleibige Professor können unmöglich Auftragsmörder sein. Zu alt und zu unbeweglich.

Und damit Sie jetzt nicht zum Ende des Buches blättern müssen, sage ich es Ihnen gleich: Mit dieser Einschätzung sollte ich recht behalten. Also, weitgehend. Irgendwie.

Denn, machen wir uns nichts vor, wenn fünf Menschen, die sich nicht kennen und nicht mögen, gezwungenermaßen eine Wohngemeinschaft eröffnen müssen, wird am Ende Blut fließen.

So oder so.

Es tobt der Sturm, es wallt das Meer, die Nacht bricht an. Abendbrotzeit.

Sardinendosengefühl in der Küche der Pension Mustermann. Nein, keine Sardinen auf dem Tisch. Das Sardinendosengefühl entsteht aufgrund der Enge in der Küche, die nicht für fünf Menschen ausgelegt ist, von denen einer doppelt, ach was: dreifach zählt.

Die Fresspakete des Hotels – belegte Brote, Obst, Schokolade – befinden sich in einem Männermagen. Vorurteilsbehaftete Menschen werden jetzt vermuten, es sei der vorgedehnte Magen von Professor Dr. Dr. Dr. h.c. Raimundus Weitenbacher gewesen, in dem die Fresspakete wie in einem schwarzen Loch verschwanden. Doch weit gefehlt. Es ist der Magen von Satnam, der sich »Ich wollte nur mal nach dem Rechten schauen, wie's euch so geht« rufend spontan selbst zum Abendessen einlud und für einen hageren Veganer verdammt viel wegputzen kann. Kaum war nichts Frisches mehr da, verabschiedete sich Satnam.

Bleiben Wong, Ugo, unsere beiden Gäste und ich.

Wong weigert sich zu kochen. Er erläutert seine Verweigerungshaltung nicht näher. Ich bin mir ganz sicher, dass »Verpflegung von Kollegen und Zeugen« definitiv ein Punkt in seiner Stellenbeschreibung ist, aber darüber kann ich jetzt nicht mit ihm diskutieren. Vermutlich schmollt er nur, weil Ugo und ich seine Kochkünste nicht genug gewürdigt haben. Oder weil der Professor ihn bei der Möbelverschiebeaktion wie einen niederen Dienstburschen herumkommandierte: »Mehr nach links«, »mehr nach rechts«, »mein Gott, Sie haben aber wirklich zwei linke Hände.«

Der Professor erklärt, er könne nicht kochen, er sei ein Mann des Geistes. Gunda erklärt, sie würde ja kochen, aber mit ihrer Arthritis könne sie das nicht mehr. Sie hebt beide Hände und ja, es sind Klauen, keine Hände, und wir glauben ihr.

Bevor ich resignierend mit den Schultern zucken kann, ruft Ugo: »Ugo koche. Ugo koche gern!«

Ach ja?

Wong gibt ein Geräusch von sich. Es klingt nach einem verächtlichen Knurren.

»Wer ist Ugo?«, fragt Gunda.

Das musste ja so kommen.

»Ich nenne Marco immer Ugo«, improvisiere ich, was ich eigentlich nicht kann. »Das hat ganz persönliche … äh … intime Gründe … es ist mein Kosename für ihn.« Ich werde rot.

Und nicke Ugo zu.

Er nickt zurück und lässt seine Augenbrauen wieder die Tarantella tanzen.

»Wie romantisch.« Gunda seufzt. »Ach, junges Glück! Man müsste noch mal zwanzig sein.«

»Horrorgedanke«, widerspricht der Professor. »Unreif, unsicher, unvermögend. Niemand will wirklich zwanzig sein, nicht mal die Zwanzigjährigen.«

Gunda straft ihn mit Verachtung.

»Wofür soll *Ugo* denn stehen?«, erkundigt sich der Professor. »Eine Abkürzung für *Sugo*? Ich sehe da nichts Romantisches.«

Gunda stößt ihm den Ellenbogen in die Körpermitte. »Kratzen Sie nicht am jungen Glück«, mahnt sie.

Der Professor pafft an seiner nicht angezündeten Pfeife und brummt.

Ugo sucht derweil schon mal die vorrätigen Ingredienzien zusammen. Lange wird er nicht suchen müssen, unsere Vorräte sind – sagen wir mal – überschaubar.

Ich glaube, Ugo ist froh über die Abwechslung in seinem doch öden Leben als Zeuge. Mit wahrem Feuereifer stürzt er sich in die Sache.

Und es stört ihn auch nicht weiter, dass wir im Grunde nur noch drei Packungen Spaghetti, zwei Gläser Ersatzkaviar, eine Tüte mit Tomaten und diverse Schachteln Vollkorn-Kleie-Rosinenmüsli haben. Gewürze? Fehlanzeige.

»Daraus könne Ugo eine Festmahl zaubere«, verspricht Ugo vollmundig. »Aber Ugo brauche Olivenöl.«

Ich gucke skeptisch.

Und will Wong befehlen, zum Supermarkt zu laufen, um Olivenöl zu holen, aber der verschränkt die Arme. Gedanken lesen kann er auch. »Wegen des Sturmes sind alle Läden geschlossen«, sagt er in vorauseilendem Widerspruch. Umspielt da ein feines Lächeln seine Mundwinkel? Hm.

»Meli, du könne Satnam fragen, er bestimmt habe Olivenöl. Muss aber sein extra vergine!«

»Wer oder was ist ein Meli?«, fragt Gunda.

»Das ist Italienisch und steht für Meike«, erklärt Wong.

Das muss man ihm lassen: Er ist reaktionsschnell. Gelegentlich. Meistens ja nicht. Aber wenn es auf meine Kosten geht, dann schon. Er setzt noch eins drauf: »Meli ist eine italienische Sugo-Marke. Die beiden haben es sehr mit Soßen.«

»Ich geh dann mal Öl besorgen«, sage ich, knuffe Ugo mit dem Ellbogen in die Rippen – viel lieber würde ich Wong knuffen, aber Untergebene darf man ja nicht körperlich züchtigen – und trete den geordneten Rückzug an.

Ugo werkelt weiter. Er fängt an zu singen. Erst leise, dann in seinem üblichen Vollmodus. Ich höre noch sein *Bello e impossibile* und wie Gunda Wong fragt: »Oh, wie schön, ist er mit Gianna Nannini verwandt?«, dann stehe ich auch schon draußen im Sturm und lerne: Bei Windstärke 12 ½ kann man nur windabgewandt atmen.

Rückwärts und in der Körpermitte abgeknickt kämpfe ich mich zum Nachbarhaus vor. Ein dicker Ast verfehlt meinen Kopf nur um Haaresbreite. Wenn ich jetzt sterbe, bin ich eine im Einsatz für die Heimat gefallene Agentin und zu meiner Beerdigung muss ein Minister, mindestens aber ein Staatssekretär, kommen. Dennoch wird auf meinem Grabstein stehen: *Sie starb, als sie nur mal schnell Olivenöl holen wollte.*

Die Klingel an Satnams Haus scheint nicht zu funktionieren. Zumindest höre ich nichts. Aber das will nichts heißen, denn der Wind heult nachgerade unheimlich.

Ich donnere mit der Faust gegen die Tür.

Nichts.

Es brennt aber Licht im Flur.

Ich habe mich nicht umsonst vom Wind so gründlich zerzausen lassen und ich werde auch nicht mit leeren Händen zurückkehren. Also presse ich mich gegen die Hauswand und taste mich einmal ums Gebäude.

Auf der Rückseite ist eine Terrassentür. Sie ist abgeschlossen, aber als ich meine Nase an der Scheibe platt presse, sehe ich im Innern eine menschliche Gestalt unter einer Decke auf dem Boden liegen.

»Satnam!«, entfährt es mir.

In Sekundenschnelle manifestiert sich ein schrecklicher Verdacht in mir. Der echte Satnam wurde von einem Auftragskiller ermordet. Der Mann, den wir als Satnam kennen, ist der Mörder und wartet nur auf seine Chance, Ugo allein zu erwischen und dann kaltzumachen.

Ich ruckele an der Tür.

Das ist jetzt total blöd. Ich kann nicht die Polizei rufen. Wir dürfen uns nicht verdächtig machen. Es muss über das Büro laufen. Die sollen einen anonymen Anruf tätigen. Das wird Hansen nicht gefallen.

Ich trete frustriert gegen die Tür. Es scheppert unschön, aber die Scheibe hält.

Die Leiche richtet sich auf.

Satnam lebt! Oder ist es der Killer?

»Meike?«, ruft er von drinnen. Ich kann es wegen des Sturmes nicht hören, aber ich lese es von seinen Lippen ab.

Das ist jetzt blöd.

»Ahoi!«, rufe ich und winke.

Er steht auf, die Decke über die Schulter geworfen und öffnet die Terrassentür.

»Ich dachte, dir ist etwas zugestoßen«, sage ich, immer noch misstrauisch. Ist das jetzt der echte Satnam oder nicht?

»Ich habe nur meditiert. Tiefenentspannung.«

»Klar.« Was auch sonst? »Unter einer Decke, die auch über deinen Kopf gezogen ist?«

»Gegen die Auskühlung.«

Im Grunde eine einfache, logische Erklärung.

Von der Tür aus habe ich freien Blick auf die Wohnzimmerwand, die über und über mit gerahmten Fotos von Satnam behängt ist. Von der Geburt bis heute. Er ist schon kahl zur Welt gekommen und trug schon damals eine Art Gandhi-Windel. Lief offenbar schon zu Schulzeiten immer barfuß herum. Und es gibt sogar ein Foto von ihm und dem Dalai Lama. Entweder ist Satnam ein echter Juister oder er ist ein Schläfer, dessen Einsatz von unglaublich langer Hand geplant worden ist. Ich beschließe, an Variante eins zu glauben.

»Wir brauchen Olivenöl. Kannst du uns da aushelfen?«

»Aber natürlich. Warte, ich bring dir welches.« Er schließt die Terrassentür vor meiner Nase.

Ich stutze.

Wo bleibt die typische Inselgastlichkeit? Will er vermeiden, dass ich dieselben Schlammstapfer in seinem Wohnzimmer hinterlasse, die er vor ein paar Stunden bei uns hinterlassen hat? Oder hat er doch etwas zu verbergen? Sind die Fotos allesamt Fakes?

Gleich darauf kommt er mit einer Flasche Olivenöl wieder. Es ist extra vergine. Ugo wird glücklich sein.

»Danke.« Ich hebe die Flasche. »Du hast uns aus der Bredouille geholfen.«

Satnam nickt und schließt die Tür.

Ich fühle mich ein wenig vor den Kopf gestoßen.

Während ich mich in den Wind hineinlehne und mich wieder zur Straße vorarbeite, fällt mir auf, wie still, ruhig und richtiggehend verlassen Satnams Haus daliegt. Er hat doch auch eine Ferienpension. Hat er etwa keine Gäste? Ich denke, er ist ausgebucht. Hat er uns zwei heimatlose Inselurlauber aufs Auge gedrückt und wollte selbst keine übernehmen?

Dieser Gedanke treibt mich um, bis ich wieder in unserem Haus bin, meine Schuhe im Flur ausgezogen habe und in die Küche trete.

Und das ist dann der Moment, in dem ich meine Professionalität vollends verliere.

Ich schreie.

Ich schreie wie am Spieß.

Der Schrei kommt ganz tief aus mir raus, presst Ober- und Unterkiefer auseinander und ergießt sich in die Küche.

Eine Küche, die komplett rot ist.

Blut, wohin man auch sieht – an den Wänden, der Decke, auf dem Boden, dem Tisch. Auf allen Menschenkörpern. Reglos hingestreckt auf den Küchenbänken.

Ein Massaker.
Die Killer waren da! Und haben alle niedergemetzelt!

Mein Schrei hallt lange, lange nach.

Ich kann es nicht fassen. Ich war doch nur geschätzte fünf Minuten weg.

Dann wird es still.

Totenstill.

»Großer Gott, Sie können einem aber auch Angst einjagen!«, schimpft Gunda und wischt sich über die Augen. Es bleiben rote Schlieren zurück.

Mir muss der Unterkiefer heruntergeklappt sein.

Wong lächelt.

Tatsächlich. Wong lächelt!

»Es gab nur einen kleine Unfall aus Unachtsamkeit.« Wenn er lächelt, was er mit geschlossenen Lippen tut, werden seine Augen noch schmaler. Und er bekommt Grübchen. Außerdem wackeln seine Ohren.

Idiot!

Ich drehe mich zu Ugo, der quer über einem Küchenstuhl hängt und, wie ich jetzt erst sehe, heftig atmet. »Das isse nich Ugos Fehler. Isse sich Fehler von Hersteller.«

Der Professor, dem eine steile Zornesfalte die Stirn teilt, klärt mich auf. »Dieser unfähige junge Mann hat die Tomaten in den Mixer geworfen und ihn eingeschaltet, ohne den Deckel zu schließen.«

»Müsse Mixer auch funktioniere ohne Deckel!«, verlangt Ugo.

Ich lasse meine Blicke schweifen. Ja, jetzt sehe ich es auch. Das ist kein Blut, das sind anpürierte Tomaten.

Der Mixer hat ganze Arbeit geleistet. Die Küche ist komplett rot eingesaut.

»Armer U… Mar… Ugo.« Ich wollte Ugo sagen, aber er heißt ja offiziell Marco und dann fällt mir wieder ein, dass wir Ugo als geheimen Liebescode abgesegnet haben. Dieses Versteckspiel vor Publikum ist wahnsinnig anstrengend. Aber ich weiß, dass Ugo in unserer Charade mein Mann ist und wenn Ugo wirklich mein Mann wäre, würde ich ihn jetzt trösten. Zumal sein Hemd und seine weiße Hose unrettbar verloren scheinen.

»Komm, mein armer, gebeutelter Schatz,« sage ich zu Ugo. »Ich helfe dir beim Umziehen.«

»Wenn hier einer gebeutelt ist, dann doch wohl wir«, sagt der Professor.

Ugo schaut zu mir auf, grinst und springt auf die Beine.

Die Tarantellabrauen setzen sich wieder in Bewegung.

Hand in Hand verlassen wir die Küche.

Bei einem Blick zurück über meine Schulter sehe ich noch, wie Wongs Lächeln sich in Luft auflöst.

Eins zu null für mich.

»Bruderherz«, rufe ich aus dem Flur. »Machst du dann bitte schon mal die Küche sauber?«

Jetzt kann er mir nicht mit der Stellenbeschreibung kommen. Es sind nämlich Zuschauer anwesend. Und da seine Eltern ihm eine ordentliche Erziehung angedeihen ließen, bleibt ihm nun nur eines übrig.

Putzen.

Ätsch!

Zwei zu null für mich.

Vierzig Minuten später komme ich in Begleitung von Ugo wieder in die Küche.

Die, wie jeder ahnt, der schon einmal Tomaten in

einem Mixer ohne Deckel püriert hat, nicht wirklich sauber zu kriegen war. Statt roter Flecke zieren einfach nur rote Schlieren alle glatten Flächen. An den nichtglatten Flächen hängen sogar noch kleine Tomatenklümpchen. Es sieht folglich immer noch so aus wie nach einem heimischen Schlachtfest von Hannibal Lecter.

Gunda und der Professor haben sich umgezogen und gewaschen und wirken nicht länger wie die blutstarrenden Opfer eines Ostfrieseninselmassakers. Wong, der ja putzen musste, läuft allerdings noch in seinem – jetzt mehrheitlich tomatenroten – Dreiteiler herum, aus dem ein Zweiteiler wurde, weil er die Jacke ausgezogen hat, und ähnelt sehr einem Untoten mit Gummihandschuhen.

Ugo hat keine Kleider zum Wechseln und da seine Sachen gerade bei 60 Grad in der Waschmaschine rotieren, habe ich ihm Sachen von Wong gegeben. Eine Trainingshose, deren Beine Ugo nur bis zur Wadenmitte reichen, weil er doch einen guten Kopf größer ist als Wong. Und ein weißes Shirt, das hauteng sitzt und seinen Brustkorb vorteilhaft modelliert.

Prompt klopft Gunda neben sich auf die Küchenbank. »Bei mir ist noch frei«, säuselt sie.

Ugo schluckt und setzt sich. Braver Junge.

»Es gibt Spaghetti aglio e olio«, verkündet Wong am Herd, ohne sich umzudrehen. »Nur olio, ohne aglio.«

»Lecker«, lobe ich ihn, weil der Krug nur so lange zum Brunnen geht, bis er bricht, und der Subalterne nur so lange willig arbeitet, wie man ihm hin und wieder ein Lob-Leckerli hinwirft.

»Also, *ich* habe mir unter Inselgastronomie etwas anderes vorgestellt«, moniert der Professor.

»Ach, seien Sie still, alter Mann«, sagt Gunda.

Ich mag die Frau!

»Es herrscht sturmbedingter Notstand, da müssen wir alle Opfer bringen«, werfe ich schlichtend ein, weil ich mich plötzlich wie die Übermutter der Insel fühle, obwohl ich hier im Raum die Jüngste bin.

Der Eierwecker – in Form eines Leuchtturmes – klingelt.

»Fertig«, sagt Wong und will das Nudelwasser abgießen. Im Umdrehen vom Herd zur Spüle sieht er Ugo. Er stockt. »Ist das *meine* Trainingshose? Und *mein* T-Shirt?«, fragt Wong.

»Problem?«, frage ich, während ich den Tisch decke.

»Sie ... äh ... du ... verleihst meine Sachen, ohne mich vorher zu fragen?«

»Es bleibt ja in der Familie«, sage ich mit einer wegwerfenden Geste.

Wenn Wong könnte, würde er sich wie Rumpelstilzchen in den Boden bohren. Aber dafür fehlt ihm dann letzten Endes doch ein entscheidendes Quäntchen Emotion.

»Das ist eine Grenzüberschreitung«, erklärt Wong.

»Ich bin die leit... ich lege die Grenzen fest.«

»Ach ja, Geschwisterdynamik«, sagt Gunda zum Professor und lächelt altersmilde.

»Wann es gebe essen? Ugo habe Hunger.«

»Sie dürfen Ihre Privatdinge gern klären, sobald wir gesättigt und zu Bett gegangen sind«, verkündet der Professor.

Wong und ich funkeln uns noch kurz böse an, dann gießt Wong das Nudelwasser ab und ich verteile das restliche Besteck.

Unsere WG isst schweigend. Nicht, dass das Essen es wert gewesen wäre, dafür auf eine gepflegte Tischkonversation zu verzichten. Nennen wir es der Einfachheit halber »minimal cooking«.

Der Professor krönt seine Spaghetti mit den zwei Glas Ersatzkaviar, die wir noch haben. Wir anderen halten uns an die Spaghetti und gießen als Soße einfach nur reichlich Olivenöl darüber. Ich muss sagen, so flutscht es besser. Ugo kratzt gelegentlich mit seiner Gabel ein paar Tomatenüberreste, die Wong übersehen hat, aus den Sitzbankfugen heraus.

Der Einzige, der außer mir noch weiß, was Tischmanieren sind, ist Wong.

Der Professor schaufelt wie ein Bagger, Ugo hängt quasi horizontal über seinem Teller und Gunda saugt geräuschvoll jede Nudel einzeln in den Mund.

Nach dem Essen gibt es Kaffee und Gunda ruft: »Es ist doch noch viel zu früh, um zu Bett zu gehen. Wie wäre es jetzt mit einem schönen Brettspiel?«

Ich habe Gott sei dank eine Ausrede. »Ich muss spülen.«

»Das mache ich schon, Schwesterherz. Spiele du ruhig mit unseren Gästen ›Mensch ärgere dich nicht‹.« Wong verzieht sein Gesicht zu etwas, das er wohl für ein Lächeln hält.

Idiot!

»Was isse ›Mensch ärgere dich nicht‹? Isse das ein Spiel, wo wir spiele um Geld?« In Ugos Augen blitzt es auf.

»Nein! Außerdem haben wir hier im Haus keine Brettspiele.«

»Wie schade.« Gunda wirkt geknickt.

»Wir haben Bücher«, schlage ich vor. »Eine kleine, aber feine Auswahl. In Ugos Zimmer.«

»Oh, würden Sie mich beraten?« Gunda strahlt Ugo an.

»Nein!«, werfe ich rasch ein, bevor sich vor meinen Augen die lüsterne Oma an meinem Zeugen vergreift.

»Wie wäre es mit einer Charade?«, schlägt der Professor vor.

Großer Gott, nimmt das denn kein Ende? Wieso kann ich nicht alle drei wie unartige Kinder auf ihre Zimmer schicken?

Hm, warum eigentlich nicht.

Ich baue mich vor dem Küchentisch auf, räuspere mich, stemme die Hände auf die Hüften.

Ugo und der Professor hängen neugierig an meinen Lippen, nur Gunda schaut an mir vorbei zum Fenster ...

... und brüllt plötzlich wie am Spieß.

Sie zeigefingert voller Entsetzen auf die Fensterscheibe.

Ugo rutscht vor Schreck von der Küchenbank. Im Fallen stößt er sich die Stirn am Küchentisch blutig.

Auch Wong trifft es überraschend. Er lässt drei Teller fallen. Was blöd ist, denn im Haus gibt es nur sechs Teller. Wenn da drei fehlen, müssen morgen zwei von uns direkt aus dem Topf essen.

Der Professor verschluckt sich am Kaffee und hustet sich die Seele aus dem Leib.

Ich drehe mich um und ...

... sehe dem Grauen ins Gesicht. Es presst seine Nase an der Scheibe platt und wirkt furchterregender als alle Dämonen aus dem Panoptikum des Hieronymus Bosch.

Zeitgleich ziehen Wong und ich unsere Waffen. Ich trete ans Fenster, Wong hechtet durch den Flur ins Freie.

Die Nase wird vom Träger derselben von der Scheibe entfernt und jetzt ähnelt die Fratze einem menschlichen Gesicht. Wenigstens in groben Zügen. Es ist ein Gesicht, das nur eine Mutter lieben kann: abgrundtief hässlich. Wie von grober Hand aus einem Stück Leberkäse geschnitten.

Ich ziele zwischen die Augen, aber da wirft sich draußen schon Wong auf den Mann. Mit seinem üblichen Samurai-Kampfschrei.

Das alles dauert nicht länger als dreißig Sekunden.

Dann ist es vorbei.

Wong zerrt den bewusstlosen Mann an den Füßen in die Küche.

Ich tue, was ich schon längst hätte tun sollen, schon bei Einsetzen der Dunkelheit: Ich drehe die Jalousien zu.

Es herrscht betroffene Stille. Die Art Stille, die auch einsetzt, wenn man auf dem Speicher den alten Teddy in die Spielzeugkiste zurücklegt, ohne dessen tröstende Augen man als Kind nicht hatte einschlafen können.

Alle schauen wir den am Boden liegenden Mann an.

Er sieht aus wie ein Klon-Experiment, das tierisch in die Hose ging. Frankensteins Monster kommt einem in den Sinn. Wirre Haare, eine zermantschte Nase, aufgeplatzte, wulstige Lippen, verhornte, schwielige Hände voller Brandnarben, ein Bluterguss am Auge, dem man das künftige lila Veilchen ansieht. Eine Delle an der Schläfe, aus der eine fette Beule werden wird.

Leise röchelnd kommt der Mann allmählich wieder zu sich.

Wir starren alle. Nur nicht unbedingt alle auf den am Boden liegenden Fremden. Der Professor und Gunda schauen vornehmlich auf Wong und mich. Vielleicht, weil wir immer noch unsere Waffen in der Hand halten.

Ugo, der Wongs T-Shirt ausgezogen hat und es jetzt als Blutungsbremse an seine Stirn hält, juchzt plötzlich auf. »Aber das isse doch …«

Er lässt Wongs T-Shirt fallen und kniet sich neben den Hässlichen, in den langsam wieder das Leben zurückkehrt.

Wong und ich positionieren uns mit den Waffen im Anschlag. (Wong hebt allerdings erst das T-Shirt vom Boden auf, faltet es und legt es auf die Arbeitstheke – der Mann hat null Toleranz in Sachen Ordnung.)

»Pjotr, bisse du das?« Ugo grinst und zeigt mit den Fingern der rechten Hand auf sich selbst. »Isse sich Ugo. Ugo Canoli.«

Der Hässliche stöhnt.

Der Professor murmelt: »Canoli? Canoli? Das sagt mir was …«

Ugo schaut zu uns auf. »Ugo kenne diese Mann. Isse alter Kollege. Pjotr. Pjotr … äh … irgendwas Russisches. Wir ihn nenne Molotow.«

»Molotow?«, ruft Wong. »Weg da, Canoli. Weg von dem Mann.« Mit dem Fuß stößt er Ugo beiseite. »Sie gehen jetzt alle in den Flur hinaus, sofort.«

Der Professor und Gunda verlassen die Küche zügig und mit einem Ausdruck der Fassungslosigkeit. Ugo geht langsam und guckt schmollend. Das kann er besser, als es die Bardot je konnte.

Mit dem Fuß hebt Wong das Jackett des Hässlichen an.

Und tatsächlich.

Ein Sprengstoffgürtel!

»Scheiße!«, entfährt es mir.

»Kennen Sie sich mit Sprengstoff aus?«, fragt Wong.

Meint der mich? *Mich*? Melisande Wagenkötter? Ich weiß, in welchem Umfang Reisekosten inklusive Verpflegungsmehraufwand bei einer untergeordneten betrieblichen Mitveranlassung (kleiner als zehn Prozent) steuerlich abziehbar sind. Aber Sprengstoff?

»Isse harmlos«, ruft Ugo aus Richtung Flur. »Isse ohne Zünder. Molotow immer habe Arbeitsmittel dabei. Isse sich ein ganz Fleißiger. Müsse ihr habe keine Angst.«

Gunda sitzt mittlerweile bleich auf der untersten Treppenstufe. Der Professor verharrt in Schreckstarre neben der Haustür. Sobald der Schock abklingt, könnten sie die Fliege machen und unsere Tarnung wäre perdu.

»Was ist mit denen?«, frage ich Wong und zeige mit dem Kopf auf unsere Übernachtungsgäste.

»Keine Sorge, ich habe die Haustür abgeschlossen. Die kommen hier nicht raus.«

»Wie bitte? Wir fliegen mit Ihnen in die Luft? Das geht nicht. Die Welt braucht mich noch«, ruft der Professor.

Wie ich schon erwähnte, ist die Akustik im Haus erstklassig.

»Fliege niemand in die Luft«, behauptet Ugo. »Pjotr isse alte Freund.«

»Bei einer Viertelmillion Euro hört die Freundschaft auf«, halte ich mit Nachdruck dagegen. »Der Mann will Sie und uns in die Luft sprengen und dafür das Kopfgeld kassieren.«

»Canoli!«, ruft da der Professor. »Ich wusste doch, der Name kommt mir bekannt vor. Sie wollen gegen die Mafia aussagen.«

»Mafia?«, haucht die tiefergelegte Gunda.

Ich atme schwer aus. Das war's jetzt. Wir können einpacken.

Da kommt Pjotr vollends zu sich.

Er stöhnt. Und langt sich an den schmerzenden Schädel.

»Wagenkötter, fischen Sie das Handy aus meiner Hosentasche. Links vorn. Ich habe einen Kollegen vom Sprengstoffkommando auf Kurzwahl. Schnell.« Wong stellt die Beine etwas breiter auseinander und geht in die Knie, damit ich mit der Hand besser in seine Hosentasche komme.

Hm.

Nicht dass Sie jetzt denken, ich sei noch Jungfrau, aber meine Erfahrungen mit Männern beschränken sich auf den einstelligen Bereich und liegen auch schon dreizehn Monate zurück. Dreizehn Monate und zwei Wochen und vier Tage und eine halbe Stunde, um genau zu sein. Kurzum, ich bin etwas außer Übung, was direkte Körperkontakte angeht. Und richtig viel Übung hatte ich ohnehin nie gehabt.

Ich möchte also eigentlich nicht in Wongs Hosentasche herumfischen, das ist mir irgendwie zu intim.

»Verdammt, Wagenkötter, los jetzt!« Wongs Gesicht sieht aus wie immer, aber seine Worte drängen vehement zur Eile.

Pjotrs Hand fährt plötzlich in Richtung Leibesmitte.

Wong lässt die Waffe fallen, stürzt sich auf den am Boden liegenden Molotowspezialisten, bringt ihn in eine aufrecht sitzende Position und reißt ihm die Arme auf den Rücken.

»So kann er seinen Gürtel nicht auslösen«, erklärt Wong.

»Ich will noch nicht sterben«, flüstert Gunda, die von uns allen am meisten Jahre auf dem Buckel hat, aber was man sehr lange genossen hat, gibt man ja besonders ungern her. Eine Frage der Gewohnheit.

»Ein höchst faszinierender Fall, Herr Canoli«, doziert der Professor, scheinbar furchtlos im Angesicht des Explosionstodes. »Bedenken Sie die sozioökonomischen Folgen für Deutschland, ja Europa, wenn durch Ihre Aussage das organisierte Verbrechen wie ein Kartenhaus in sich zusammenstürzt.«

Ugo hört gar nicht hin. Für schwierige Wörter wie *sozioökonomisch* oder *faszinierend* gibt es in seinem Gehirn keine Empfangsrezeptoren, folglich macht sein Trommelfell dicht. »Wong, du lasse sofort Pjotr los. Wie oft Ugo noch müsse sage, dass Pjotr isse harmlos?«

Meine beste Freundin heißt Inken und ich kenne sie seit dem Kindergarten. Aber für eine Viertelmillion würde ich selbst für mich nicht die Hand ins Feuer legen und Inken an guatemaltekische Schrumpfkopfkannibalen ausliefern. Dieser Pjotr ist nie und nimmer zufällig auf der Insel. Er will das Kopfgeld für Ugo kassieren.

Ich knie mich neben Wong und Pjotr und fahre meinen Arm aus. Augen zu und durch.

»Falsche Seite«, zischelt Wong.

»Was?«

»Falsche Seite!«

Da ich schon ungelenk in seinem Schritt herumgegrapscht habe, werde ich rot. Ich ziehe die Hand wieder ein wie eine Schildkröte ihren Kopf und will die Seiten wechseln.

»Was'n hier los?«, stammelt Pjotr.

»Er kommt zu sich, schneller«, warnt Wong.

»Oh Gott«, jammert Gunda.

Ich will quer über Pjotr auf die andere Seite robben …

... und bleibe mit meinem Hosengürtel an Pjotrs Sprengstoffgürtel hängen. Es macht ein klackendes Geräusch.

Für den Bruchteil einer Sekunde erwarte ich, in zehntausend Teile zerrissen zu werden.

»Scheiße!«, flucht Wong, dieses eine Mal richtig laut.

»Oh Gott«, kommt es aus dem Flur, aber vom Professor, nicht von Gunda. Die scheint mir ohnmächtig auf dem Boden zu liegen.

Nur Ugo kratzt das alles nicht. »Pjotr, altes Haus. Erkenne du mich nicht? Isse Ugo. Ugo Canoli! Müsse wir unbedingt eine Flasche köpfe«, ruft er. »Ugo wolle mit Pjotr auf Wiedersehe anstoße.«

»Ugo? Heilige Scheiße!« Pjotr, jetzt wieder ganz da, strahlt über alle vier Backen, wie ich vermute, aber auf jeden Fall über die beiden sichtbaren Backen. »Ugo, du verrückter Spaghettifresser!«

»Pjotr, du abgedrehter Bombenrusse. Wa-bumm!«

Gunda, die schwer atmend den Kopf gehoben hat, lässt ihn sofort wieder sinken, als sie »Bombe« hört. Sie scheint zu glauben, wenn wirklich etwas explodiert, wird es sie nicht zerreißen, solange sie sich nur möglich flach auf den Boden presst. Was ein bisschen so ist wie in den alten Doku-Filmen über die amerikanischen Schulkinder Anfang der Sechziger, denen man beibrachte, sich zum Schutz vor Atombomben unter einen Tisch zu kauern.

»Wa-bumm-bumm-bumm!«, ruft auch Pjotr und strahlt noch breiter.

Dann erst scheint er zu bemerken, dass eine junge Frau auf seinem Schritt kauert. »Hoho«, ruft er, die Sachlage gründlich missverkennend. Er blinzelt mir zu.

»Willkomme in Ugos bescheidene Heim«, ruft Ugo. »Du werde hier viel Spaß habe!«

Wong und ich schauen Ugo an. Der ist zweifellos eine biologische Weltsensation, ein anatomisches Wunder – der erste Mensch ohne Gehirn. Ugo scheint ähnlich wie die Insel Juist zu existieren, vor der Küste liegend, mit enger Verbindung zum Mutterland, aber in vielem doch eigenen Gesetzen gehorchend. Das Mutterland steht in diesem besonderen Fall für den gesunden Menschenverstand.

Ich pfriemele am Reißverschluss von Pjotrs Sprengstoffgürtel herum und es gelingt mir, mich loszumachen. Da ich nicht länger von einer akuten Explosionsgefahr ausgehe, hole ich in aller Ruhe die Handschellen aus meiner Handtasche und lege sie Pjotr an.

Wong steht auf und richtet sich Weste und Krawatte.

Der Professor kommt wieder in die Küche, setzt sich auf die Küchenbank und mustert den immer noch am Boden sitzenden Pjotr wie ein experimentierfreudiger Wissenschaftler, der sich überlegt, ob er dem Versuchstier – natürlich rein aus Forschungsgründen und zum Wohle der Menschheit – ein Auge oder doch lieber die Zunge ohne Betäubung entfernen soll.

Ich helfe Gunda vom Flurboden auf.

Danach verharren wir alle erst mal stumm in der Küche.

Wong, Pjotr, Ugo, der Professor, Gunda und ich.

Und das gelüftete Geheimnis, das über uns allen dräut wie das Schwert des Damokles.

Ich mache mir Sorgen um Wong. Der schaut gerade aus der Wäsche wie eine dieser CIA-Figuren in amerikanischen Dauerbeschussserien, die gern mal den Satz äußern: »Wenn ich Ihnen das sage, muss ich Sie erschießen.«

Wird Wong gleich alle umnieten? Den Professor, Gunda und Pjotr? Nur um auf Nummer Sicher zu gehen? Zutrauen würde ich es ihm.

Dann sagt er – was auch sonst?: »Jetzt ist ein guter Zeitpunkt für eine schöne Tasse Tee.«

Vielleicht liegt es am Tee, aber eine halbe Stunde später ist die Stimmung in der Küche schon sehr viel gelöster.

Pjotr, immer noch in Handschellen, und Ugo zelebrieren mit markigen Männersprüchen ihr Wiedersehen.

»Weißt du noch, damals in Marseille?« Pjotr zwinkert.

Ugo klatscht sich auf den Oberschenkel. »Jaaaa! Isse eine Highlighterinnerung von Ugo. Wa-bumm!«

Wenn ich jetzt googeln würde, welche ungeklärten Sprengstoffattentate es in den letzten zwanzig Jahren in Marseille gegeben hatte, könnte ich den französischen Kollegen eine freudige Überraschung bereiten und Pjotr mit einer Schleife um den Verbrecherleib nach Südfrankreich schicken. Aber das steht auf meiner Prioritätenliste nicht ganz oben.

»Faszinierend, wirklich faszinierend«, sagt der Professor, der immer noch in die Begutachtung Pjotrs vertieft ist. Er klingt wie Spock, der Vulkanier.

»Zucker, ich brauche mehr Zucker«, bittet Gunda. »Zucker ist Nervennahrung.«

»Tja und was wir jetzt am nötigsten brauchen, sind starke Nerven«, bestätige ich. »Herr Professor, Gunda, Ihnen ist klar, dass Sie über all das hier nicht reden dürfen?«

»Aber natürlich. Ich sage kein Wort«, verspricht Gunda eilfertig. »Keine Silbe. Ich schweige wie ein Grab. Worum geht es überhaupt?«

»Ist das hier so eine Art Zeugenschutzprogramm?«, fragt der Professor.

»Das haben Sie sehr gut erkannt«, lobe ich ihn. »Und Sie verstehen sicher, wie wichtig es für die Sicherheit von Herrn Canoli ist, dass Sie kein Sterbenswörtchen über seinen Aufenthaltsort verlauten lassen.«

Der Professor streicht sich über sein doppeltes Doppelkinn und nickt.

Auch Gunda nickt.

Nur Wong schüttelt den Kopf. Er ist und bleibt der Geist, der stets verneint.

»Das ist doch alles Quatsch. Wir sind aufgeflogen. Es ist aus und vorbei.« Mit verschränkten Armen steht Wong vor dem Kühlschrank. »Wir liefern Pjotr jetzt an den Dorfpolizisten aus und morgen früh kehren wir aufs Festland zurück und lassen uns ein neues Safehouse zuweisen.«

»Pjotr wolle Ugo nicht kaltmache. Pjotr isse Ugos Kumpel«, erklärt Ugo empört.

»Ich bitte Sie! Sie haben keine Freunde mehr. Auf Ihren Kopf ist eine Viertelmillion ausgesetzt.« Wong hält viel davon, Nägel immer auf den Kopf zu treffen, auch wenn er damit die Gefühle seines Gegenübers verletzt.

»Keine Freunde mehr?«, sagt Ugo mit weit aufgerissenen Augen.

»Pah ... 250 Riesen. Das sind doch Peanuts.« Pjotr zuckt mit den Schultern. »Portogeld«, übersetzt er gleich darauf für uns. »Dafür opfere ich keinen Freund. Das ist mir keinen Daumendruck auf ein ferngesteuertes Baby wert.«

Das kommt ziemlich aufrichtig rüber. Im Bombenbusiness verdient es sich sicher gut. Ich glaube Pjotr.

In den Augen des Professors meine ich allerdings ein Euro-Zeichen aufglimmen zu sehen.

»Selbst wenn wir Ihnen das abnehmen würden, was wir nicht tun«, sagt Wong zu Pjotr. »Sie laufen mit einem Sprengstoffgürtel herum. Das ist hochgradig illegal.«

»Isse doch nur ein bisschen C4«, wehrt Ugo ab. »Und ... aaah ... isse sich Dynamitstange, oder? Der Klassiker. Pjotr, du Schweinehund.« Das ist eindeutig als Lob gemeint.

Dementsprechend errötet Pjotr auch geschmeichelt. »Du kennst mich, ich bin Traditionalist.«

Die beiden stoßen sich verschwörerisch mit den Schultern an.

Es tut einen entsetzlichen Schlag.

Da die Schultern von Pjotr und Ugo keinen Gong eingebaut haben, muss es von draußen kommen und uns allen wird wieder klar, dass ein Jahrhundertsturm über Juist tobt und wir womöglich nicht nur nicht von der Insel wegkommen, sondern möglicherweise auch von der Nordsee in einem Haps verschluckt werden wie ein Leckerli von einem Bernhardiner.

»Wenn Sie nicht hier sind, um Canoli in die Luft zu sprengen, warum dann? Sollen wir an einen Zufall glauben?«, verlangt Wong von Pjotr zu wissen. Wong ist der Weltuntergang offenbar schnurz oder der denkt, wenn er denn kommt, soll er ihn bitteschön mitten aus seiner Arbeit reißen.

»Ich habe ihn heute Morgen am Strand gesehen. Erst dachte ich, das kann er unmöglich sein, den halten doch die Bullen an einem hochgeheimen Ort unauffindbar unter Verschluss ...«

An dieser Stelle wirft mir Wong einen vorwurfsvollen Blick zu, den ich ignoriere.

»… aber dann scharen sich die Mädels haufenweise um ihn und ich weiß, das kann nur mein alter Kumpel Ugo sein. Ich bin ihm hierher gefolgt und habe erst mal das Terrain sondiert und dann habe ich vorhin Hunger bekommen und dachte, ich lade mich zum Abendessen ein. Aber als ich in die Küche linste, wurde mir doch ein wenig mulmig. Bei euch sieht's aus, als hättet ihr eine ganze Rotte von Schweinen geschlachtet.« Er schaut auf die Blut-alias-Tomatenschlieren an den Wänden.

Ugo kichert. »Isse sich alles in Ordnung, Ugo habe nur gekocht. Und Ugo wisse, dass bu bisse kein Killer. Isse überhaupt kein Killer auf Insel.«

»Ich habe keine der üblichen Pappnasen gesehen«, meint auch Pjotr.

»Schön und gut, aber irrelevant«, konstatiert Wong.

Der Sturm draußen nimmt an Vehemenz zu. Hier auf der Insel heult der Wind anders als auf dem Festland. Es ist ein unheimliches Heulen. Und es klingt nach einem jammervoll jaulenden Wehklagen wie in *Die zehn Gebote*, kurz bevor alle Erstgeborenen dahingerafft werden.

»Vielleicht sollten wir jetzt alle zu Bett gehen. Das war genug Aufregung für einen Tag«, schlage ich vor.

Gunda steht auf, füllt ihren Teebecher nach, schaut uns an, will etwas sagen, sagt aber nichts und geht die Treppe hoch.

Der Professor beugt sich zu Pjotr: »Ich bin Phrenologe. Ihre Schädelform ist ungemein faszinierend. Lassen Sie uns bei Gelegenheit einen Vertrag aufsetzen, dass Sie Ihren Kopf nach Ihrem Ableben der Wissenschaft spenden. Geld kann ich Ihnen nicht bieten. Aber ich kann Sie als Exponat in meiner Sammlung unsterblich machen.«

Er schiebt Pjotr eine Visitenkarte in die Jackentasche, geht ins Wohnzimmer und schließt die Tür hinter sich.

Pjotr schaut erst Ugo an, dann zeigt er mit dem Kinn in Richtung Wohnzimmer. »Der tickt doch nicht richtig, oder? Also, wenn ich mal abtrete, dann in einer Million Einzelteile. Bei einem Arbeitsunfall.« Er kichert.

Ugo kichert auch und ruft: »Wa-bumm!!«

Ugo tut, was er am besten kann: nerven

Der Duft von Pizza weckt mich.

Pizza?

Ich schaue auf den Wecker. Kurz nach sieben Uhr. Es gibt nur einen Menschen, der um sieben Uhr morgens Pizza isst. Denke ich. Da liege ich aber falsch.

»Guten Morgen, Sie kommen genau richtig. Unser Nachbar, Herr Satnam, hat uns Pizzaschnitten aus seinem geheimen Kellerkühltruhenvorrat mitgebracht. Für Sie auch eine Pizza?« Professor Weitenbacher holt eine Pizzaschnitte aus der Mikrowelle, legt sie auf einen Teller und stellt sie vor Wong ab. Der schaut wie immer undurchdringlich. Aber ich habe mal gelesen, dass Asiaten ohnehin gern was Warmes frühstücken, also kann es für ihn nicht so ungewöhnlich sein. Das hätte er mal tun sollen, bevor er meinen Müslivorrat mit Rosinen unverzehrbar gemacht hat …

Zur Linken von Wong sitzt unser Nachbar Satnam, der tapfer versucht, seine bereits vorgeschnittene Pizza mit Stäbchen zu essen. Zur Rechten von Wong kauert Pjotr, der die Nacht in Wongs Schlafzimmer verbracht hat (am Bett angekettet) und immer noch hässlich, aber ausgeruht aussieht. Wann immer Wong ein Stück Pizza abschneidet und mit der Gabel zum Mund führt, fährt Pjotrs Linke nach oben, denn die beiden Männer sind aneinandergekettet.

»Für mich keine Pizza, danke«, sage ich und gieße mir einen Kaffee ein.

»Wie Sie meinen.« Weitenbacher klingt beleidigt, als habe ich mit meiner Ablehnung seine Kochkünste beleidigt. Er trägt einen gestreiften Morgenmantel. Sonst nichts. Was man überdeutlich sieht, wenn er sich – für seine Verhältnisse wie ein Wirbelwind – von Mikrowelle zu Teller zu Tisch dreht und der Morgenmantel dabei aufklappt.

Soll ich etwas sagen? Beispielsweise, dass Damen im Haus sind? Also beispielsweise ich?

Aber da setzt er sich schon mir gegenüber, ruft fröhlich »Buon appetito« und schaufelt sich die Pizzaschnitte im Ganzen in den Mund. Kauen kann er bei dieser Füllung nicht mehr. Vermutlich will er warten, bis die Spucke das Teil schluckfertig auflöst. Womit bewiesen wäre, dass auch habilitierte Akademiker mit drei Doktortiteln nicht zwingenderweise Tischmanieren besitzen müssen.

»Ruhige Nacht?«, frage ich Wong, setze mich auf einen Küchenstuhl und puste auf meinen Kaffee.

»Hm«, brummt er nur.

Na toll, hinein in den Tag mit einem Vielfraß, einem Brummbär, einem Bombenbastler und einem Buddhajünger.

Da geht die Tür auf.

Rein rechnerisch können es nur Gunda oder Ugo sein, die sich zum Frühstück in die Küche bequemen. Die Logik gebietet, dass es Gunda ist, denn für Ugo ist es noch zu früh am Tag.

Aber es ist – Tusch! – eine Surfermaus.

Surfermäuse gehören nicht zur Familie der Nagetiere, sondern sind weibliche Zweibeiner mit gebräunter Haut und sonnengebleichten Haaren, die ihre Traumfigur stets nur minimal in Stoff hüllen. Auf Sylt laufen mehr davon herum, aber Juist hat auch einige Exemplare, indigen und/oder importiert.

Und dieses Exemplar ist wirklich eine Augenweide.

Weitenbacher klappt der Mund auf, sodass man die innenliegende Pizzaschnitte sehen kann. Wongs maskenartiges Gesicht bleibt gewohnt reglos, aber seine Augäpfel folgen den Hinterbacken der Surfermaus zum Kühlschrank. Pjotr fängt wieder an zu strahlen wie ein Kernkraftwerk und Satnam murmelt: »Allmächtiger Buddha!«

Die Kleine trägt nur einen Bikini. Also, genauer gesagt, zwei Schnürsenkel, von denen einer oben über ihre Brüste läuft und der andere unten als String-Tanga dient. Als sie sich lasziv weit in den Kühlschrank vorbeugt, um Gott weiß was zu suchen – ein Salatblatt? Die Antwort auf alle Fragen des Universums? –, sieht man überdeutlich die bunte Schmetterlingstätowierung auf ihrer linken Pobacke.

»Hallo?«, sage ich.

Die Kleine dreht sich um. »Habt ihr gar nichts Fettfreies? Joghurt oder so?«

Wer so schlank ist, kann eigentlich nicht solche Möpse besitzen. Ich tippe auf Silikon.

Weitenbacher sabbert. Wong auch, aber weil er mehr Selbstbeherrschung besitzt, sabbert er in sich hinein. Pjotr strahlt noch ein paar Dezibel mehr, Satnam schwört dem Buddhismus ab und will sofort dem Hedonismus frönen. Das sieht man seinem Lendenschurz an.

»Sorry«, sage ich, ziemlich unterkühlt. »Magerjoghurt führen wir nicht.«

»Hm.« Das Surfermäuschen schaut zur Decke hoch, als ob jemand da oben die Telefonnummer eines Lieferdienstes für fettfreie Milchprodukte aufgeschrieben haben könnte. An der Decke ist aber nichts weiter zu sehen als die immer noch feucht wirkenden Tomatenüberreste. »Bäh», macht das Mäuslein demzufolge auch und wendet rasch den Blick wieder ab.

»Cara mia«, gurrt es da von der Tür. Ugo, mit dem üblichen Badetuch um die Lenden, tänzelt herein, macht ein paar Rumba- oder Mambo- oder sonstwas Schritte auf den Kühlschrank zu und küsst dann die Surfermaus. Mit Zunge. Ausgiebig.

Ich habe alle Zeit der Welt, mir zu überlegen, warum die Männer in diesem Haus – seien es Bewohner oder Gäste – nie ordentlich angezogen sind. Mit Ausnahme von Wong. Der unweigerlich immer im Dreiteiler unterwegs ist. Ich wette, damit geht er auch in die Sauna.

Irgendwann müssen die Dauerküsser nach Luft schnappen.

»Wer ist das?«, frage ich ungnädig in die Kusspause hinein, wohl wissend, dass ich wie eine Spaßbremse klinge.

»Das isse Peggy!« Ugo sieht mich an, als müsse alle Welt Peggy kennen. Hinter Peggys Rücken macht er das Victory-Zeichen und schaut dabei triumphierend.

Pjotr und der Professor nicken anerkennend.

Peggy? Ich hätte vielleicht Angelina Jolie erkannt oder Angela Merkel. Aber Peggy, da läutet bei mir nichts.

Ich schaue Wong vorwurfsvoll an. Er ist mittlerweile gut darin, meine Blicke zu deuten.

»Die muss während *Ihrer* Schicht in Haus gekommen sein«, erklärt er, will die Arme verschränken, merkt, dass ja immer noch ein Bombenleger an ihm hängt, verschränkt die Arme folglich nicht, sondern legt sie auf den Tisch.

Während *meiner* Schicht?

Frechheit!

»Wie ist Peggy hier hereingekommen?«, fauche ich Ugo an.

Der zuckt mit den Schultern. »Isse spaziert durch Tür.«

»Wenn es hier nichts zu frühstücken gibt, muss ich mir mein Protein anders besorgen«, säuselt die Kleine und zieht Ugo an der Hand hinter sich zur Treppe. »Komm, mein Hengst.«

Ich stehe auf. »Hier wird nicht geritten!«

Mir ist sehr wohl bewusst, wie klobig und uncharmant ich in meinem knitterfreien Jersey-Hosenanzug mit den Schnürstiefeletten wirke, vor allem neben Peggy. »Wir möchten hier keinen unangemeldeten Besuch.« Ich hätte sie am liebsten nach ihren Papieren gefragt, aber wo sollte sie die versteckt haben? »Sie gehen jetzt besser.«

»Ugo, darf die Tante mich einfach so verjagen?« Die Kleine schmollt. Mit aufgespritzten Schmolllippen. Für mich ist das ein Tick zu viel.

»Aber ich bitte Sie, gnädige Frau, the more, the merrier«, ruft Weitenbacher mir zu und winkt der Surfermaus. »Hier ist noch Platz am Tisch.«

Bevor Peggy oder ich etwas sagen können, bellt es irgendwo im Haus.

»Haben Sie das gehört?«, frage ich in die Runde.

Es bellt erneut. Eigentlich kläfft es mehr. Eine Falsettostimme.

»Ist das Gunda?«

»Nicht Gunda, Pascha«, sagt Peggy und kichert. »Ich gebe meinem Süßen doch keinen altmodischen Frauennamen.«

Und in diesem Moment überwältigt mich die Erkenntnis wie eine Tsunami-Woge.

Die Frau am Strand mit dem Chihuahua.

Die Frau am Bahnsteig in Hannover mit dem Chihuahua, der unsere Reisetasche bepinkelte.

Peggy.

Alle drei sind ein- und dieselbe Frau! Wer da an Zufall glaubt, glaubt auch, dass die Eier vom Osterhasen alle aus fröhlicher Freilandbodenhaltung stammen.

»Sie!«, brülle ich und stürze mich auf Peggy. Denn natürlich ist Peggy nicht ihr richtiger Name und natürlich ist sie eine Auftragskillerin und will Ugo ermorden.

Die Surfermaus beißt und tritt und kratzt und schreit. Was mich in meiner Vermutung bestätigt, dass sie nicht unschuldig sein kann. Ich beiße und trete und kratze auch.

»Geil, Frauen-Catchen«, höre ich Pjotr jubeln.

Peggy und ich gehen zu Boden.

Warum greift Wong nicht ein?

Ugo nimmt Wetten entgegen. Der Professor setzt als Einziger fünf Euro auf mich.

Die Surfermaus hat einen üblen Uppercut drauf, der allerdings nicht mein Kinn, sondern meine Schulter trifft. Ich reiße ihr einen Ohrring aus. Blut spritzt. Sieht man auf dem Boden aber kaum, wegen der Tomatenschlieren von gestern.

Peggy rammt mir ihr Knie in den Schritt, aber ich bin ja kein Kerl und somit schmerzunempfindlich.

Ich drücke ihren Silikonriesenbusen. Fühlt sich erstaunlich lebensecht an. Eigentlich hatte ich mir einen Implantatbruch aufgrund des Außendrucks erhofft, aber der Busen hält.

Satnam stöhnt wohlig.

Wir rollen nach rechts, dann nach links.

Die Männer feuern uns an. Der Chihuahua bellt sich die winzige Lunge aus dem Zwergenleib.

Und als Peggy und ich gerade besonders wild verkrallt sind und ich vampirgleich meine Zähne in ihre Halsschlagader rammen will …

… schüttet jemand einen Eimer kaltes Wasser über uns aus.

Gunda!

»Ich bin keine Auftragsmörderin!«, beharrt Peggy eine Viertelstunde später. Ihr Gesicht habe ich verschont, aber ihr Schmetterling sitzt jetzt auf einem fetten Hämatom. Weil ich weitaus mehr bekleidet bin als sie, hat sie keine Spuren an mir hinterlassen.

Wong hat Tee gebrüht.

Pascha hat eine winzige Ecke Fertigpizza bekommen und hält ein Verdauungsschläfchen auf dem Küchenfenstersims.

Ugo hat dem Professor den Wettgewinn ausgezahlt, weil ich kurz vor dem Kaltwasserguss obenauf lag und somit als Siegerin gelte.

Satnam hat sich ins Badezimmer zurückgezogen und kommt ewig nicht wieder.

Pjotr und Peggy wurden von Wong aneinandergekettet. Er hat tröstend den Arm um ihre nackten Schultern gelegt und ist in ihr Dekolleté vertieft, über das er zu meditieren scheint.

»Ich bitte Sie«, höhne ich. »Rein zufällig laufen Sie uns seit Hannover immer wieder über den Weg?«

Ugo streichelt meinen Oberarm. »Du müsse lockerer werde. Peggy isse keine Killerin …« Er geht zur Küchenbank und setzt sich neben sein Barbiepuppenimitat.

»Zu Ihnen komme ich gleich noch, Herr Canoli. Wie haben Sie es überhaupt geschafft, sich aus dem Haus zu schleichen?« Ich bin ehrlich erbost. Vielleicht auch einen Tick eifersüchtig. Aber mehr erbost.

Ugo winkt ab. »Isse doch gar kein Problem.«

Jetzt guckt auch Wong grantig. In seiner Ehre getroffen.

Nur um Wong eins auszuwischen, frage ich: »Um wie viel Uhr sind Sie ausgebüxt, Ugo?« Ich werfe Wong einen durch und durch siegessicheren Blick zu. Ugo muss einfach in Wongs Nachtwachenschicht den *Dr. Kimble auf der Flucht* gemacht haben.

»Isse gewesen gegen elf. Ihr beide habe gerade eingesperrt Pjotr in Wongs Zimmer und Ugo habe schon vorher stiebitzt Allroundschlüssel von Pjotrs Spengstoffegürtel und habe geknüllt Handtücher zu Ugoform und gelegt unter Bettdecke und schon ware Ugo weg. Ugo isse gewandert in Ortsmitte und habe gesehen Peggy in Eckneipe an Kreuzung, wo es gehe rechts zu Sand und links zu Hafen, und habe sich sofort verliebt.« Er drückt Peggy einen Schmatz auf die Lippen. Auf die zweifelsohne aufgespritzten Lippen.

Er hat sich also verdünnisiert, während wir beide noch wach waren. Wong und ich meiden Blickkontakt. Ich gelobe, heute Nacht bei der Bettkontrolle eine Gabel durch die Decke zu rammen, um zu sehen, ob das, was darunter liegt, auch wirklich Ugo ist oder nur eine Ugo-Attrappe.

Derweil schaut Peggy flehentlich. »Ehrlich, auch wenn es schwer zu glauben ist, aber ich will nichts Böses von Ugo, echt nicht. Ich studiere in Hannover und bin zu Besuch bei meinen Eltern. Die betreiben eine Ferienpension. Das können Sie doch überprüfen.« Peggy gibt sich redlich Mühe, harmlos auszusehen. Doch bei mir stößt sie auf Granit. Ich glaube keiner Frau, die willig die Füllung in einem Sandwich aus Männerhälften gibt.

»Wieso haben Sie sich dann Ihrer Verhaftung widersetzt?«, will ich wissen. »Da ist doch was faul im Staate Dänemark!«

»Ich dachte, Sie seien eifersüchtig und wollten mir Ugo ausspannen. Nicht, dass das möglich wäre.« Sie lässt ihren Blick an mir auf und ab wandern.

Wong schreitet ein, bevor ich der dummen Tusse die blauen Augen auskratzen kann. »Wer will noch Tee?«, fragt er.

In den Bruchteil der Sekunde, die ich abgelenkt bin, ruft Peggy: »Echt jetzt, ich kannte Ugo doch vorher gar nicht. Es war einfach Liebe auf den ersten Blick.« Sie schmiegt sich an ihn und krault ihm das Brusthaar. Weil Pjotr mit Handschellen an sie gefesselt ist, krault seine Hand mit.

Der Professor schießt ein Handyfoto.

Satnam kommt aus dem Badezimmer, sieht die zwischen Pjotr und Ugo schnurrend eingekeilte Peggy, deren Weichteile in dieser zusammengedrückten Position nach allen Seiten quellen, schluckt schwer, dreht sich um und geht ins Badezimmer zurück, dessen Tür er hörbar verriegelt.

»Ich glaube ihr«, erklärt Gunda, die keiner gefragt hat.

»Ich aber nicht.« Meine Geduld ist am Ende. Meine Hoffnung, dass aus mir noch eine kompetente Agentin werden könnte, auch. Ich werfe das Handtuch. »Die Situation ist völlig entglitten. Was jetzt kommt, liegt alles nicht mehr in meiner Macht. Die Geheimhaltung ist gebrochen, die Sicherheit von Herrn Canoli kann nicht länger garantiert werden. Ich verständige meinen

Chef und übergebe Sie alle der Polizei.« Ich ziehe mein Handy aus der Tasche.

»Frau Wagenkötter, nicht so schnell.« Wong greift nach meiner Hand mit dem Handy. Nicht grob, aber doch bestimmend. »Sehen Sie sich diese Leute doch einmal an. Glauben Sie wirklich, dass wir von diesen Herrschaften etwas zu befürchten haben?«

Mein Blick wandert von dem grottenhässlichen Bombenbastler über die halbnackte Schlampe zu dem verrückten Professor und der arthritischen Alten. Will ich diesen Menschen das Leben unseres Zeugen anvertrauen? Denen würde ich nicht einmal meinen Farn zum Gießen während meines Urlaubs anvertrauen.

Man sieht mir meine Zweifel an.

»Herr Canoli hat doch nichts von Ihnen zu befürchten, oder?«, fragt Wong in die Runde. Genialer Einfall. Weil Auftragskiller ja niemals lügen würden.

»Ich liebe Ugo, ich würde ihn nie verraten oder ihm etwas antun«, säuselt Peggy.

»Hm«, knurrt Pjotr, der nicht so eng an Peggy gekettet ist, wie er sich jetzt an ihren halbnackten Körper schmiegt.

»Wenn mir Herr Molotow seinen Schädel posthum vermacht, sind meine Lippen auf ewig versiegelt«, versucht sich der Professor an Erpressung. »Ich habe hier auch schon eine entsprechende Vereinbarung.« Er legt ein Formblatt auf den Tisch.

»Ich spüre gerade die Liebe, die in der Luft liegt«, zwitschert Gunda, was nicht wirklich ein aussagekräftiges Statement bezüglich ihres künftigen Verhaltens darstellt. Aber es ist ja ohnehin egal.

Satnam kommt erneut aus dem Bad. Er sieht ausgelaugt

aus. Irgendwie sehr erschöpft. »Ich lege mich aufs Ohr«, ruft er uns zu und schwankt nach Hause.

»Sehen Sie, alles in Ordnung«, findet Wong.

Ich starre ihn an. Tickt der noch richtig? Er, der Mr Oberkorrekt der Abteilung, will sich auf einmal derart regelwidrig verhalten?

»Aber …«, wende ich ein, werde jedoch unterbrochen.

»Die Menschen sind besser, als man denkt!« Wong zeigt der Reihe nach auf Pjotr, der gerade das Formblatt des Professors unterschreibt und ihm somit seinen Schädel vermacht, auf Peggy, die Ugo anschmachtet und doch zeitgleich eine Hand in Pjotrs Knie gekrallt hat, auf Ugo, der Gunda einen züchtigen Kuss auf die Wange haucht, was sie albern kichern lässt, und auf den Professor, der das unterschriebene Formblatt an sich nimmt, wieder faltet und in die Tasche seines Morgenmantels steckt.

Ich zögere. Soll ich Hansen anrufen und mein Scheitern einräumen? Oder soll ich – wider jedweden gesunden Menschenverstand – auf volles Risiko setzen und darauf vertrauen, dass keiner der Anwesenden Ugo verraten oder selbst ermorden will?

»Na schön … aber wenn auch nur noch das Geringste passiert …«

»Es wird nichts passieren. Der Professor und Gunda verlassen die Insel, sobald das Wetter aufklart. Und Pjotr und Peggy ebenfalls«, verspricht Wong. »So, jetzt trinken wir alle noch eine schöne Tasse Tee.«

Er dreht sich zur Teekanne um.

Kurz, wirklich ganz kurz, meine ich ein seltsam zufriedenes Grinsen in seinem Gesicht aufblitzen zu sehen, dann stülpt sich wieder die übliche Maske der Ausdruckslosigkeit über ihn.

Warum ist ihm so viel daran gelegen, den Auftrag nicht abzubrechen?

Warum hat er in letzter Zeit so viel telefoniert?

Ist *er* das Leck?

Ist Wong der Verräter der Abteilung?

Ein Schauer läuft mir über den Rücken.

Doch dann stelle ich fest, dass Satnam vergessen hat, die Haustür zu schließen, und mein Schauer auf den Wind zurückzuführen ist, der kühl hereinstürmt.

»Die Fähre ist bereits überbelegt. Sie können fliegen, aber das müssten Sie dann aus Ihrer eigenen Tasche bezahlen«, sagt Wong zu unseren Hausgästen, während er den Hörer auflegt. Er hat Erkundigungen eingezogen.

Aus der Windstärke 12 ½ ist eine einstellige Windstärke geworden, wenn auch nicht im unteren Bereich. Dennoch wurde der Fährverkehr wieder aufgenommen. Allerdings wollen mehr Menschen mit der ersten Fähre die Insel verlassen, als auf das Schiff passen.

Gunda und der Professor, die eigentlich dem lockenden Ruf der Heimat folgen wollen, müssen eine Entscheidung fällen.

»Ich zahle auf gar keinen Fall den Flugpreis selbst. Und außerdem werde ich Beschwerde bei meinem Reiseveranstalter einlegen und die Kosten für diesen Urlaub zurückverlangen«, erklärt der Professor.

»Ich habe es nicht eilig«, sagt Gunda. »Ich warte auch.«

Unsere WG bleibt also noch einige Zeit bestehen.

»Und was wir mache jetzt?«, fragt Ugo, dem schon wieder das *Mir ist langweilig* wie ein Menetekel auf der Stirn steht.

»Wie wäre es mit einem schönen Brettspiel?«, schlägt Gunda vor.

Wir sehen sie alle nur wortlos an.

Pascha kläfft.

»Ich muss mit meinem Kleinen kurz vor die Tür, dem platzt sonst die Blase«, sagt Peggy, die mittlerweile angezogen ist. Was eine Surfermaus wie sie »angezogen« nennt: hautenges Spaghettiträgertop, Shorts und Flip-Flops.

»Oh, isse wunderbare Idee. Wir alle gehe spaziere, ja?« Ugo klatscht in die Hände. Er hat sich die Begeisterungsfähigkeit eines Vierjährigen bewahrt. Und dessen Verstand.

»Es ist zu gefährlich für Sie, das Haus zu verlassen«, sage ich.

»Ich leihe ihm mein Kapuzenshirt. Dann noch eine Sonnenbrille und kein Mensch erkennt ihn«, schlägt Pjotr vor. »Und falls doch, ich komme auch mit.«

»Ihren Sprengstoffgürtel kriegen Sie aber nicht zurück«, erklärt Wong.

Pjotr schmollt.

Gunda und der Professor hüllen sich in ihre Friesennerze.

Es scheint entschieden.

Weil ich keinen aus den Augen lassen will, zuckeln wir alle gemeinsam wie eine Karawane zum erhöhten Dünenweg, auf dem wir – die Nase in den Wind haltend – bis zum nächsten Abzweig an den Sandstrand schweigend spazieren.

Kaum berührt Ugos Fuß jedoch sandigen Boden, macht er schon Ärger. Nicht der Fuß. Ugo.

»Ugo nicht wolle schon wieder zu Hundestrand. Ugo wolle andere Richtung. Bis zu Zauberwald, ja?«

»Wir haben aber einen Hund dabei. Also müssen wir an den Hundestrand«, halte ich dagegen.

Ich gehe auch immer nur bei Grün über die Straße. Regeln haben ihren Sinn.

So in etwa muss es sich anfühlen, wenn man mit einer Wand spricht. Die Wand pellt sich ein Ei drauf, was man ihr sagt.

Ugo biegt in Richtung Strandkörbe. Peggy – die wie eine kanzeröse Wucherung an Ugos Hüfte festgemacht scheint – biegt natürlich mit.

Pascha – nicht angeleint, wie ich vermerken möchte – hüpft kläffend hinterher.

Pjotr läuft wie eine traditionelle türkische Ehefrau immer drei Schritte hinter Peggy, aber nicht aus Respekt, sondern um ihren Hintern besser betrachten zu können.

Der Professor und Gunda staksen in ihren Gummistiefeln schwerfällig durch den klatschnassen Sand, in den vor allem der Professor immer tiefer einzusinken scheint. Er zieht die Gummistiefel aus.

»Eine bessere Übung für die Fußsohlen gibt es gar nicht«, doziert der Professor, der sich offenbar nicht nur für einen Schädel-, sondern auch für einen Laufwerkzeugexperten hält. »Barfuß zu laufen, unterstützt die Wirbelsäule, das Fußbett und das allgemeine Wohlbefinden. Und es macht glücklich. Eine Regression des modernen Menschen zu seinem Urahn der ersten Generation, der von den Bäumen stieg, um barfuß durch die Savanne zu laufen.«

»Sie haben ja so recht, Herr Professor«, sagt Gunda, schlüpft aus ihren geblümten Gummistiefeln und hakt sich bei ihm unter. »Ich könnte Ihnen stundenlang zuhören.«

Ich stehe kurz vor einem Schreikrampf. Das will ich auch Wong sagen, aber der hat sich zurückfallen lassen, um zu telefonieren.

Schlagartig ist wieder mein Misstrauen geweckt. Gibt er durch, wo wir gerade sind? Wartet er auf den Tötungsbefehl?

Wong sieht, dass ich ihn beobachte, und beendet sein Gespräch. Er holt auf.

Aus irgendeinem Grund läuft Pascha plötzlich direkt neben mir. Als Wong auf gleicher Höhe ist wie wir, sage ich zu ihm: »Das geht so nicht.«

»Was geht so nicht?«

»Wir sind hier nicht am Hundestrand, haben aber einen Hund dabei. Das ist auffällig. Es gibt immer einen Blockwart, der so was meldet.«

»Canoli«, bellt Wong. »Stecken Sie den Köter weg.«

Ugo stellt sich taub und drückt Peggy fester an sich. Die jedoch schielt über ihre Schulter immer wieder zu Pjotr. Wenn uns die Killer nicht umnieten, wird uns eine Tragödie griechischen Ausmaßes ereilen, das spüre ich deutlich.

Ich kralle mir den Chihuahua, laufe zu Ugo und stecke den Köter in dessen Jackentasche. Nur das kleine Köpfchen lugt noch heraus und hechelt.

Wir gehen weiter.

Es begegnen uns nicht wirklich viele Menschen. Der Sturm ist zwar abgeflaut, aber es windet immer noch heftig und das auch noch relativ kalt. Als abgehärtete Insulanerin scheint das die halbnackte Peggy nicht weiter zu kratzen. Sie hat nicht mal eine Gänsehaut.

Aber für den Durchschnittstouristen ist das kein Bummelwetter. Eher ein Wetter für Ostfriesentee und Rosinenstuten vor einem flackernden Kamin.

Die Wellen haben Schaumkronen. Der Himmel dräut grau.

Plötzlich ein Schrei.

Ein Männerschrei.

Meine Hand fährt unter das Jackett zum Hosenbund, aber noch bevor meine Fingerspitzen die Walther PPK berühren, schreit Ugo: »Was isse das? Isse das Regen? Alles nass.«

Peggy lacht. »Das ist nur Pascha. Der Kleine hat es wohl nicht mehr halten können.«

»*Was?*«

Wenn Ugo etwas heilig ist, dann nicht die Familienehre oder Mutter Kirche und die Unfehlbarkeit des Papstes oder Inter Mailand, es ist sein teurer, maßgeschneiderter, weißer Leinenanzug, den er jeden Abend vor dem Zubettgehen ausbürstet und bügelt und zweifellos auch zärtlich streichelt.

Mit einer einzigen flüssigen Bewegung reißt er den Chihuahua aus der Jackentasche und schleudert ihn weit von sich in die Fluten der Nordsee. Und, mein Gott, was kann der Mann weit werfen!

Die folgende Szene hat sich als Standbild in mein Gedächtnis eingebrannt.

Ugo, den Wurfarm noch ausgestreckt, wie ein altgriechischer Diskuswerfer beim Zwergenweitwurf (was demnächst ja olympische Disziplin werden soll).

Der Professor, Gunda und Wong, die Köpfe in den Nacken gelehnt, mit offenen Mündern zum Flughund aufschauend.

Chihuahua Pascha, ungläubig schauend, alle viere von sich gestreckt, das winzige Schwänzlein wedelnd, vor der Kulisse des grau dräuenden Himmels über der Nordsee schwebend.

Peggy, mit riesig aufgerissenen Augen, in denen ich alles lesen kann, nur eines nicht mehr: Liebe zu Ugo. Es kann kein Zweifel daran bestehen, dass ihre Loyalität zu ihrem schwarzgelockten Lover in diesem Moment gestorben ist. Sie wird den Killern nicht nur verraten, wo Ugo zu finden ist, sie wird ihnen auch noch die Kalaschnikows ölen und auf die durchsiebte Leiche von Canoli spucken.

Das Standbild setzt sich wieder in Bewegung.

»Mein Gott, was hast du getan?«, kreischt Peggy und hüpft hektisch auf und ab, wie Rumpelstilzchen, das sich in den Sandboden bohren will, aber der Sand wehrt sich.

»Hinterher!«, rät Wong, rührt sich aber nicht.

Peggy trippelt bis an den Rand des Wasser. Die Zehen in ihren Flip-Flops werden kaum benetzt, da heult sie los. »Mein armer Pascha, mein armer Pascha.« Sie zittert am ganzen Körper.

Eins muss man Ugo lassen: Der Mann kann werfen. Weit werfen! Da das Meer in diesem Moment relativ bewegt ist, kann man den Hund nach seiner Wasserlandung nicht mehr ausmachen.

»Paschaaaaa!«, gellt Peggy. Der Schock raubt ihr die Kräfte und sie geht in die Knie.

»Wong, so holen Sie doch den Hund aus dem Meer«, befehle ich.

»Ich fasse keinen Hund an. Und ich mache mich auch nicht nass.« Wong stellt sich breitbeinig hin und verschränkt die Arme.

Pjotr hebt die Hände. »Ich kann nicht schwimmen.«

Der Professor und Gunda schauen zu Ugo. »Junger Mann, machen Sie Ihren Fehler sofort wieder gut!«

Ugo schaut unglücklich auf die rechte Jackentasche, die ein senfgelber Fleck ziert.

»Salzwasser bringt Hunde-Urin zum Verschwinden«, sage ich zu Ugo. Ist frech gelogen. Klingt aber doch plausibel.

Er schaut mich an, denkt kurz über meine Worte nach – man meint, es rattern zu hören –, dann lächelt er und läuft ins Meer.

Das heißt, erst zieht er sich aus und wirft alles – bis auf das Jackett – in den Sand. Dann stapft er wie ein altrömischer Held auf hehrer Mission furchtlos hinein in die Nordsee.

Wo er erst mal den Fleck aus der Jacketttasche rubbelt.

Hinter uns, die wir am Strand geblieben sind, nehme ich eine Bewegung wahr.

Es ist die Frauensportgruppe, die Ugo bei seinem ersten Strandgang schon becirct hat.

»Oh Gott, was macht er denn da?«, ruft eine.

Die meisten anderen sind damit beschäftigt, den verlängerten Rücken von Ugo, den er uns optisch augenfällig präsentiert, im Bild festzuhalten. Wir erinnern uns: Ugo trägt niemals Unterwäsche und seine Leinenhose liegt neben mir am Strand. Ein Hoch auf die Leute, die das Fotografieren mit dem Handy erfunden haben. Es klickt ununterbrochen.

»Paschaaaa!«, gellt Peggy und trommelt mit den Fäusten auf den nassen Sand ein.

Es bellt nicht zurück, was mich nachdenklich stimmt. Ein wenig Schwund ist immer, aber ich will nicht, dass unter meinem Kommando einer den Löffel abgibt. Auch kein zwergenwüchsiger Vierbeiner.

»Er will einem Hund das Leben retten«, sage ich rasch

zu den Frauen, bevor eine von ihnen aufhört, Handyfotos zu schießen, und stattdessen die Seenotrettung verständigt. »Alles in Ordnung, keine Sorge.«

»Gott, wie tapfer!«

Ugo ist jetzt offenbar zufrieden mit der Fleckensituation. Er bindet sich das Jackett um die Hüfte und stapft weiter hinaus ins Meer. Die Wogen schlagen an ihm hoch. Im Grunde kann man gar nicht recht sehen, was da vor sich geht.

»Pascha!« Jetzt ist es nur noch ein Flüstern. Peggy scheint aufgegeben zu haben. Pjotr tritt hinter sie und massiert ihr tröstend den Nacken. Sie lässt es geschehen.

Zwei der Frauen und die Turnmeisterin Jahn knien sich neben Peggy und nehmen sie in den Arm. Die viel gerühmte soziale Kompetenz von Frauen. Mir wäre es dennoch lieber, die Turnmädels würden weiterjoggen.

»Hoppla!«, sagt Wong plötzlich.

Ugo sackt aus irgendeinem Grund ein und die Wellen schlagen über ihm zusammen.

Gunda presst sich die Hand an den Mund.

Die Umarmerinnen lassen Peggy los und springen fassungslos auf die Beine. Nur Pjotr massiert ungerührt weiter.

Weil wir uns nun alle eng zusammenscharen und uns das blanke Entsetzen ins Gesicht geschrieben ist, kommen noch mehr Neugierige näher und bleiben stehen. Einer scheint Notizen zu machen.

Das sehen und auf ihn zugehen, sind für mich eines.

»Sind Sie von der Presse?«, frage ich.

Wenn er mit Ja antwortet, muss ich ihn zum Schweigen bringen. Oder wenigstens falsche Namen nennen.

Irgendwas à la »die Mustermanns, die aus Pascha einen Seenotrettungshund machen wollen.«

»Nein«, sagt er.

Ich bin beruhigt.

»DA!« Alle Frauen spielen auf einmal verrückt und zeigen mit ausgestreckten Zeigefingern aufs Meer hinaus.

Und tatsächlich: Ugo ist wieder aufgetaucht und kommt gemessenen Schrittes auf uns zu.

»Sieht er nicht aus wie Neptun, der Gott des Meeres?«, seufzt eine Matrone neben mir.

»Wie Daniel Craig in dem Bond-Film«, seufzt eine andere.

Zugegeben, er macht eine sehr gute Figur, wie er da im Adamskostüm mit Jackett dem schaumgekrönten Meer entsteigt. Von Gischt umtost, der Körper feucht glänzend, das verhaltene Spiel der Muskeln.

Mich persönlich befriedigt es aber mehr, zu sehen, dass er etwas in seiner rechten Hand hält.

Pascha!

»Geht doch«, sagt Wong.

»Bravo! Bravissimo!«, ruft Gunda.

Als Ugo – Pascha in einer Geste des Triumphs hoch nach oben haltend – wieder in unserer Mitte weilt, brandet Applaus auf.

Eine der Turnerinnen reicht ihm ein Handtuch, eine andere seine Hose und sein Hemd, die sie vorher vom Sand freigeklopft hat.

Die restlichen Frauen glucken sich um ihn und berühren ihn an allen möglichen und unmöglichen Körperstellen.

»Helden will man anfassen«, doziert der Professor, der meinen missbilligenden Blick auffängt. »Durch das

Berühren hofft man, dass etwas von dem Charisma, von dem Heldenmut, von der Größe des Übermenschen auf einen abfärbt. Eine typisch menschliche Reaktion.«

Nur Peggy gurrt nicht anbetend vor dem Meister. Wortlos entreißt sie ihm den Chihuahua, dreht sich um und geht weg.

»Peggy?«, ruft Ugo und schaut ihr aus großen, braunen Augen nach.

Wieder wallt Mitleid in mir auf. Bricht ihm jetzt das Herz? Hat er durch seine unbedachte Wurf-Aktion die Liebe seines Lebens verloren?

»Also, ich heiße Gabi«, sagt da eine grazile Rothaarige mit Sommersprossen direkt vor ihm.

Ugo nimmt ihren Anblick kurz in sich auf, schaut zu Wong, zwinkert ihm verschwörerisch zu, und hakt sich dann bei der Kleinen unter. »Hallo, Gabi«, haucht er mit seinem verführerischsten Italo-Lover-Timbre.

Männer!

Pjotr will Peggy hinterherlaufen, aber Wong hält ihn fest. »Nicht so schnell, ich lasse Sie nicht allein über die Insel streifen, Herr Molotow.«

Als wir nach dieser Aktion nach Hause kommen – ohne Wong, der mir Pjotr übergeben und sich dann auf die Suche nach Peggy gemacht hat, um ihr einen Maulkorb umzulegen –, sehen wir, dass jemand *Stirb, du Schwein* an unsere Hauswand gesprayt hat. Mit blutroter Farbe …

In diesem Moment denke ich noch, das sei der absolute Negativtiefpunkt des Tages.

Wie sehr man sich doch irren kann.

Springt ein Mann ins Meer und holt einen Hund raus. Kein großes Ding, sollte man meinen.

Weit gefehlt!

Keine zwei Stunden später ist auf der Seite *Juist Online* ein Bericht mit Foto eingestellt. Titel: Helden von Heute. Mit einem Bild von Ugo, auf denm er so was von gut zu erkennen ist, eine Frontalaufnahme. Nur bis zum Bauchnabel, wegen des Jugendgefährdungsschutzes. Kein professionelles Fahndungsfoto könnte besser sein. Berufsmörder mit Bilderkennungssoftware kaufen sich in diesem Moment wahrscheinlich überall auf dem Globus online Tickets nach Juist.

Das Bild ist erstaunlich hoch aufgelöst, wenn man bedenkt, dass es ein Handyfoto ist. Man sieht sogar Ugos nierentischförmiges Muttermal auf seinem linken Ohrläppchen. Der euphorische Text dazu – Tenor: »Selbstlos und unerschrocken stürzte sich der junge Adonis in die Fluten, um ein hilfloses Tier vor dem sicheren Tod zu erretten« – stammt mit an Sicherheit grenzender Wahrscheinlichkeit von einer der Sportmiezen.

Wir hätten das mit Sicherheit nicht mitbekommen, aber Satnam überbringt uns die frohe Kunde mit dem Laptop unterm Arm. »Schaut mal, über euch steht was auf *Juist Online*.«

»Geile Foto von Ugo«, freut sich Ugo, während wir zu fünft vor Satnams mitgebrachtem Technikteil stehen.

»Kommt tierisch gut, der Artikel«, freut sich Satnam. »Seht ihr da rechts, die Anzahl der Klicks? Als ich das vorhin entdeckt habe, waren es so um die 22 900 Klicks, jetzt sind es schon 23 000.«

»Wie kann das angehen?« Ich bin entsetzt.

»Mundpropaganda. Darin sind Frauen ganz groß«, mutmaßt Satnam mit dem Flair eines Mannes von Welt.

»Gehe mindestens funfzig Klicks davon auf Ugo«, erklärt Ugo.

»Du hast doch eben erst davon erfahren«, sagt Satnam. »Das macht nur einen Klick.«

»Nix, habe Ugo einen Google-Alert geschaltet. Immer, wenn jemand Name von Ugo in Internet schreibt, Ugo sofort erfahre.«

Zwei Dinge: Erstens wird mir klar, dass auf der Seite von *Juist Online* tatsächlich Ugos Echtname verzeichnet ist. Nicht Marco Mustermann, nein, Ugo Canoli.

Dann stutze ich angesichts der Frage, wie Ugo ohne Smartphone von der Google-Namensmeldung erfahren haben will.

Ich weiß nicht, ob ich schreien oder hyperventilieren soll. »Haben Sie den Mädels am Strand Ihren Namen genannt, Herr Canoli?«

»Klaro.« Ugo nickt. »Ugo fahre immer ehrlich mit Fraue.«

»Sehr löblich«, erklärt Gunda, die keiner gefragt hat.

Ich sinke auf einen Küchenstuhl. Meine Stimme kommt nur noch gepresst und monoton heraus: »Sie haben Ihren richtigen Namen herausposaunt? Herr Canoli, wenn Sie lebensmüde sind und sterben wollen, dann ist das Ihre Sache. Aber wenn eine der Frauen ein Mittelsmann war, kann jeden Moment ein Auftragsmörder eine Bombe in diese Küche werfen und wir sind alle tot.«

Ich schaue dezidiert in die Richtung von Pjotr.

»Schimpfen Sie nicht mit ihm«, sagt der. »Ugo meint es doch nicht böse. Er ist ein naives Unschuldslamm. Und die Schnallen am Strand waren doch echt harmlos.«

Ich beachte Pjotr gar nicht. »Ugo, wie konnten Sie

die Google-Alert-Meldung erhalten? Haben Sie etwa irgendwo noch ein weiteres Smartphone versteckt?«

Das ist eigentlich ein Ding der Unmöglichkeit, aber im Universum von Ugo scheint alles machbar.

»Aber nein«, wehrt Ugo ab. »Ugo habe sich gehackt in Laptop von Wong in Wongs Zimmer. Isse sich gar kein Problem gewesen. Mache Ugo einmal am Tag. Habe du immer gedacht, Ugo habe lange Sitzung auf Klo, was?« Er grinst.

Ich nicke nur. Klar, was auch sonst. Dass Wongs Passwort sogar für einen Gehirnamputierten wie Ugo mühelos zu knacken war, werde ich meinem Kollegen genüsslich unter die Nase reiben.

Aus irgendeinem Grund freut Ugo sich noch weiter.

Ich ahne Schlimmes. »Was?«, frage ich.

»Habe Ugo gefunden noch mehr Fotos. Wartet, Ugo euch zeige.«

Ugo haut auf die Tasten von Satnams Laptop ein.

Eine neue Seite erscheint. Ich beuge mich auf dem Küchenstuhl nach vorn, um besser sehen zu können, aber ich traue meinen Augen nicht.

Das – darf – nicht – wahr – sein!

Die Seite heißt *Ugo Canoli Fans*.

Gunda klatscht begeistert in die Hände.

Satnam sagt »Wow!« Es klingt neidisch.

Die Seite besteht nur aus Fotos von Ugo. Und zwar von Ugo am Strand. Wie er sich nach vorn beugt, um den Hunde-Urin aus dem Jackett zu rubbeln. Wie er den Fluten entsteigt. Dazu Detailaufnahmen von seinem Sixpack, seinem Lächeln, seinem Knackpo.

»Kannste stolz drauf sein, Alter«, lobt Pjotr.

»Wann ist das denn passiert?«, hauche ich.

Ugo zuckt mit den Schultern.

Der Professor zeigt auf die rechte untere Ecke. »Noch keine Stunde alt. Klicken Sie auf das Impressum, dann wissen Sie, von wem die Seite ist.«

Ugo klickt. Und seufzt gleich darauf enorm befriedigt. »Isse sich von Gabi! Meine Insel-Gabi!«

Pjotr klopft ihm anerkennend auf die Schulter.

Satnam speichert die Seite auf der Favoritenleiste seines Laptops.

»Die Fotos hat jemand mit einem Auge für Perspektive und Proportionen geschossen«, findet der Professor.

»Ja, die Proportionen sind sehr gut herausgearbeitet«, flötet Gunda und krault Ugo den Nacken.

Ehrlich, wenn ich als alte Frau so übergriffig werden sollte, dann hoffe ich, dass mich jemand erschießt.

Ugo legt den Kopf in den Nacken und jault. Rom stammt ja angeblich von zwei Zwillingsbuben ab, die von einer Wölfin gesäugt wurden. Offenbar ist da was zurückgeblieben. Jedenfalls heult Ugo wie ein Wolf bei Vollmond.

»Das ist sein Triumphheulen«, erläutert Pjotr. »Andere schnitzen Kerben in ihre Bettpfosten, wenn sie eine Frau rumkriegen. Ugo heult.«

Im Grunde ist mir alles egal. Der Zug mit meiner Karriere ist längst abgefahren, meine Selbstachtung im Gepäckwagen. Aber einen Rest Neugier habe ich noch. »Wann soll er Gabi bitteschön herumgekriegt haben? Er war keine einzige Sekunde mit ihr allein.«

Pjotr und Ugo tauschen einen wissenden Blick.

»Gehe nicht darum, wirklich mit ihr zu vögele. Musse sie nur so weit sein, dass sie würde mit Ugo schlafe. Und, oh ja, Gabi isse so weit.« Ugo heult erneut.

Es ist ein Mittelding zwischen Jodelarie und Tarzanschrei.

Gunda gluckst und hält sich die Ohren zu.

Der Professor, Pjotr und Satnam nicken anerkennend, weil ein Mit-Mann den Frauen mal wieder gezeigt hat, wo der Hammer hängt, und somit die Ehre des starken Geschlechts verteidigt wurde und der Ruhm auch auf sie abstrahlt. Zu dritt skandieren sie: »Gabi! Gabi! Gabi!«

Ugos Heulen nimmt an Atonalität und Lautstärke zu. Jetzt klingt es, als hätte man eine Katze in einen Mixer geworfen.

In diesem Moment wird die Tür aufgerissen und Wong stürzt herein, die Glock im Anschlag.

Hinter ihm im Türrahmen steht Peggy mit Pascha auf dem Arm.

»Ist hier alles in Ordnung?«, fragt Wong, der breitbeinig mitten im Zimmer steht und die Glock jetzt nach oben an die Decke richtet.

»Gabi habe Fanpage für Ugo eingerichtet«, freut sich Ugo.

»Wie bitte?« Die Glock sinkt in Wongs kraftloser Rechten nach unten.

»Wer ist Gabi?«, verlangt Peggy indigniert zu wissen. Auch einen Ex, an dem man selbst keinerlei Interesse mehr hat, gibt man nicht so einfach an eine Gabi ab.

Da klingelt mein Handy. Es ist Hansen. Der Chef.

»Hören Sie mal, Frau Wagenkötter, da ist offenbar etwas gründlich schiefgelaufen. Im Internet ist ein Hinweis auf Canolis derzeitigen Aufenthaltsort aufgetaucht.«

Wir lernen: Auch das Bundeskriminalamt arbeitet mit Google Alert.

Erinnern Sie sich an den Mann, der Notizen zu machen schien? Der hat mich nicht angelogen. Er war wirklich kein Journalist. Das war der Johnny Cash von Juist. Ein Juister Urgestein mit einer Vorliebe für Countrysongs.

Das Schicksal muss sich ins Fäustchen gelacht haben, als es sich daran machte, ihn unseren Weg kreuzen zu lassen, denn an diesem Nachmittag drehte der NDR für »Unser Norden« ein Feature über den Juister Johnny.

Der sich nicht entblödete, gleich einen Song über die Episode von Ugo und dem Hund zu schreiben. Zur Melodie des Johnny-Cash-Hits *Hurt* dichtete er »Nass«.

In dem Lied geht es um einen kleinen Hund, den die Wogen des Meeres zu verschlingen drohen, doch dann kommt der schwarzgelockte Held und rettet das Tier. Auch wenn sich nicht alles reimt, muss man doch bewundern, wie schnell Johnny Juist dichten kann und wie schnell auch das Team vom NDR das Zweiminutenfeature zur abendlichen Ausstrahlung zusammenschneiden kann. Jedenfalls wird es noch am selben Abend gesendet. Wir hätten das nicht gemerkt, denn bei uns gibt es ja kein Fernsehgerät, aber wir haben ja Satnam.

»Ihr seid alle in der Glotze!«, ruft er und stürmt in die Küche. »Schnell, kommt mit.«

Was würden wir nur ohne Satnam anfangen?

Wir zuckeln zu Satnam hinüber. Sein Fernsehgerät ist kein portables Kleingerät, sondern eine kinoähnliche Riesenleinwand. Ich bin mir nicht ganz sicher, ob Buddhisten so etwas besitzen dürfen, aber jedenfalls kommen wir alle – bis auf den Professor, der zurückbleibt, um Essen beim Bringdienst zu bestellen – in dem Moment in Satnams Fernsehzimmer, als Johnny Juist in Überlebensgröße »Nass« von sich gibt und dabei mit schwieligen Fingern in die Saiten einer arg mitgenommenen Gitarre greift.

»Johnny Juist unplugged«, jubelt ein Sprecher aus dem Off, während der Instrumentalpassage.

Ugo werden die Knie weich. »Isse Ugo so glücklich. Habe noch nie jemand ein Lied über Ugo geschriebe.«

Gunda schmiegt sich an Ugo.

Peggy und Pascha schmiegen sich Pjotr.

Satnam hält sein Handy an die Leinwand, die ein Fernsehbildschirm ist, und zeichnet den Song auf.

Wong steht mit verschränkten Armen in der Tür und beobachtet – nein, nicht den Bildschirm, die Straße.

»Die Mission wird sofort abgebrochen. Ich wiederhole: sofortiger Abbruch der Mission. Haben Sie mich verstanden? Sie kommen sofort zurück!«, hatte Hansen vorhin noch in den Hörer gebellt. »Wir zwei werden über Ihr katastrophales Missionsmanagement noch ein Wörtchen reden müssen. Sofort nach Ihrer Rückkehr aufs Festland werden Sie abgelöst.«

Wenn's kommt, kommt's immer dicke.

Bevor Satnam also mit der frohen Kunde zu uns kam, dass Ugo nun auch im Fernsehen zu sehen war – ja, nicht nur zu hören, auch zu sehen, denn der Song wurde unterlegt mit noch mehr Handyfotos, denn nicht nur Gabi hatte Bilder gemacht: Ugo halb nackt im Wasser stehend, Ugo mit Hund, Ugo ohne Hund, Ugo von vorn und von hinten (jeweils immer nur bis zur Hüfte) und eine Nahaufnahme, bei der ich besser nicht wissen wollte, wo genau die Fotografin gestanden hatte, als sie dieses Bild schoss – bevor also Satnam uns vor seinen Riesenbildschirm geschleppt hatte, waren wir mit dem Packen unserer Reisetaschen beschäftigt gewesen, um in aller Frühe am nächsten Morgen die Fähre zu nehmen. Nach Deutschland, wie man hier sagt, wenn man vom Festland redet.

Ich hatte schweigend gepackt, Wong im hyperwachsamen Wachhundmodus und Ugo singend.

»E'la pulce d'acqua / che l'ombra ti rubò / e tu ora sei malato ...«, johlte er fröhlich und vor der Tür rief jemand: »Hört nur, singt da nicht Angelo Branduardi?« und jemand anderes meinte nach kurzer Pause: »Nein, da heult nur der Wind. Und wie gottserbärmlich!«

Und jetzt das.

»Johnny Juist, Sie haben diesen Song exklusiv für uns heute geschrieben. Mitreißend, bewegend. Ein Hundeschicksal. Und ein Mann vor der wohl wichtigsten Entscheidung seines Lebens. Basiert der Song auf einer wahren Begebenheit?« Man sieht eine blonde, windzerzauste Moderatorin und den markigen Barden von der Insel, der sich jetzt in seinen grau melierten Bart greift.

»Aber ja«, sagt er und nickt. »Ich war selbst Augenzeuge, wie ein junger Italiener sein eigenes Leben riskierte, um das Leben einer hilflosen Kreatur zu retten. Sein Name ist Ugo. Ugo Canoli. Hat ebenfalls Musik im Blut. Fantastische Stimme. Falls du zuschaust, Ugo, sei mir gegrüßt!« Johnny Juist reckt die Rechte zum Wacken-Gruß in den Sturmwind.

Ugo, gleich neben mir stehend, grüßt auf Wacken-Art zurück.

»Das müsse sein beste Moment in ganzes Leben von Ugo«, schwärmt Ugo. »Satnam, kannste du Ugo leihen dein Handy? Ugo müsse Bescheid gebe seiner Mama.«

Satnam greift schon in seinen Lendenschurz, aber ich ziehe Ugo mit mir. »Herr Canoli, Sie lernen es wohl nie.

Kein Kontakt zu niemand! Wiewohl es jetzt sowieso egal ist.«

»Wenn isse egal, dann Ugo müsse rede mit seiner Mama!«, verlangt Ugo.

»Nein!«

Der Mann hat meine Karriere ruiniert. Kleine Gefälligkeiten gibt es da nicht mehr. Soll sich mein Nachfolger im Personenschutz doch mit ihm herumschlagen.

»Wir gehen jetzt essen und dann ins Bett«, befehle ich.

»Moment«, sagt Wong und tritt vors Haus, um die Gefahrenlage zu prüfen.

Der Sturm, der schon die ganzen letzten Tage über der Nordsee peitscht, ist wankelmütig. Mal legt er kurze Verschnaufpausen ein, wie an diesem Morgen, wo er gewissermaßen Luft holt, nur um dann umso heftiger wieder auszuatmen, was er in diesem Moment tut.

Wongs Haare sind zu kurz, um zu flattern, als er in den Wind hinaustritt, aber sein Anzug schlackert ihm am Körper und er muss sich in den Wind legen, um nicht weggeblasen zu werden.

Ich finde das beruhigend, denn bei so einem Sturm sind Präzisionsschüsse nicht möglich und falls ein Scharfschütze in einem der Häuser gegenüber lauert, kann er sich den Todesschuss ins Haar schmieren.

Misstrauisch macht mich allerdings der Umstand, dass die Straßenlampe bei uns vor dem Haus nicht mehr brennt. Ein inselweiter Stromausfall kann es nicht sein, weiter vorn leuchtet es ja noch. Sollte ein vom Sturm zum Fliegen gebrachter Ast die Birne ausgeknockt haben? Oder hat jemand nachgeholfen?

Wong sichert uns den Rücken, während wir ins Haus gehen. Nur Peggy bleibt zurück, weil Pascha pinkeln muss.

Ich gehe voraus, hinter mir Gunda und Ugo und Pjotr.

Es ist 19 Uhr 34. Stockfinstere Nacht. Sturm. Auf der Küchentheke steht eine Kanne, aus der heißes Wasser dampft, aber die Teebeutel liegen noch daneben.

Diese Einzelheiten müssen der Vollständigkeit halber erwähnt werden, denn solch unsinnige Details merkt man sich von diesem einen Moment, der das ganze Leben verändert.

Diese Schnittstelle zwischen altem Dasein und neuem Dasein.

Es ist also 19 Uhr 34, als ich in die Mustermannküche trete.

Der Professor liegt am Boden. Leichenblass. Reglos.

Über ihn gebeugt: ein Asiate!

Die Triadenkiller sind eingetroffen.

Sie haben Ugo nicht vorgefunden und sich dafür den Professor gekrallt. Vermutlich wollten sie ihn foltern, damit er ihnen Ugos Aufenthaltsort nennt. Und dabei haben sie übertrieben.

Der Professor ist tot.

Ich überlege nicht lange, rufe »Wong! Die Chinesen sind da!« und stürze mich auf das Exemplar direkt vor mir.

Es ist ein noch junger Mann in Jeans und T-Shirt. Weil er sich bis gerade eben noch auf den Professor konzentriert hat, kann ich ihn überraschen. Ich reiße ihm die Waffe aus der Hand und ihn selbst zu Boden.

Nach kurzer Benommenheit fängt er an, sich zu wehren.

Nun muss man wissen, dass asiatische Kampfkünste gewissermaßen Stehkünste sind. Also am besten im Stehen ausgeübt werden. Wenn man die Kämpfer erst mal zu Boden gerissen hat, ist man schon im Vorteil.

Ich komme allerdings nicht zum innerlichen Jubilieren, denn der Killer weiß, dass es um sein Leben geht, und wehrt sich entsprechend heftig.

Nicht unbedingt so, wie man es von einem Hongkongmörder erwarten würde, mit Ninja-Wurfsternen oder Ellbogenausfallhieben.

Nein, mein Chinese kratzt und beißt und ruft mit norddeutschem Zungenschlag »Feuer, Feuer, es brennt!«

Das verwirrt mich kurzzeitig und obwohl ich gleich darauf denke, dass ich mich verhört haben und der Chinese etwas Chinesisches gerufen haben muss (was übersetzt bestimmt »Stirb, du Bulle, stirb!« heißt), schafft er es, sich auf mich zu rollen und meine Arme bewegungsunfähig zu machen, indem er sich auf sie kniet.

Ich versuche, ihn mit dem Anziehen des Oberschenkels von mir zu katapultieren, aber er kreischt nur wie ein Mädchen.

»Ich brauche Hilfe«, rufe ich Ugo und Pjotr zu, die ich im Türrahmen stehen sehe. Aber wahrscheinlich schließen die gerade eine Wette ab, wer gewinnen wird – Chinaboy oder die Wagenkötter.

»Hmpf«, entringt es sich meiner Kehle. Hätte eigentlich ein »Gunda!« werden sollen, ich wollte frauensolidarische Hilfe einfordern, aber der kleine Chinese presst mir den linken Unterarm quer über den Hals.

Mit dem rechten Arm langt der Chinese nach der schwarzen Waffe, die ich ihm aus der Hand geschlagen habe.

Sieht es so aus? Das Ende? Vor Zeugen in den Kopf geschossen? Das Gehirn einfach herausgepustet. Man wird mich nicht im offenen Sarg aufbahren können, so viel ist sicher.

Doch dann …

Geschossartig kommt etwas angeflogen.

Wong!

Schwer kommt Wong auf dem Chinamörder zu liegen, was natürlich lieb gemeint ist, aber mich doch zum Ächzen bringt, denn nun habe ich das Gewicht von zwei Männern zu tragen.

Wenn auch nur kurz.

Während ich die Augen schließe (und nicht an England, aber an Deutschland denke), werden die beiden Kerle auf mir aktiv. Das ist weniger schön, als man denken könnte, und in mir reift der Entschluss, dass das für den Rest meines Lebens mein einziger »Dreier« bleiben sollte.

Es ruckelt und ächzt und hopst auf mir, dann kann ich endlich wieder durchatmen, was ich auch tue. Gleichzeitig höre ich ein Ächzen und ein dumpfes Knacken und dann liegt nur noch einer auf mir.

Ich öffne die Augen.

Welcher Asiate wird es sein?

Gott sei Dank, es ist der Gute.

Wong liegt schwer atmend der Länge nach auf mir und fragt: »Alles in Ordnung?«

Seine Stirn kräuselt sich ebenso besorgt wie seine Stimme klingt.

Ich schaue in seine braunen Fenster zur Seele.

Die Zeit scheint stillzustehen.

Jetzt hätte ich etwas Wunderbares sagen können. Vielleicht sogar etwas Emotionales, denn in mir regt sich gefühlstechnisch etwas. Aber ich sage: »Wong, Hansen sagt, es gibt ein Leck in unserer Behörde. Sind Sie der Verräter? Haben Sie sich kaufen lassen und wollen Ugo töten?«

Vor den braunen Fenstern zur Seele werden die Vorhänge vorgezogen. »Das glauben Sie von mir? Dass ich korrupt bin?«

»Raimundus!«, reißt mich ein Schrei aus der Antwortfindung, die mir plötzlich enorm peinlich ist. »Raimundus, nein, du darfst nicht sterben!«

Es ist Gunda.

»Hilfe, so helfe ihm doch jemand«, schluchzt sie.

»Ich bin kein Verräter und werde Herrn Canoli mit meinem Leben schützen, wenn es sein muss«, sagt Wong mit der üblichen stoischen Stimme.

Er löst sich von mir, ich bleibe noch kurz liegen.

Pjotr und Ugo tauschen Scheine aus. Offenbar haben beide ihre Wette verloren.

Wong wählt die Nummer des Inselarztes.

Gunda versucht, den Professor wiederzubeleben. Ihre Bemühungen scheinen mir allerdings ziemlich laienhaft. Statt ihm die Nase zuzuhalten und Luft in seine Lungen zu blasen, hat sie ihn an den Ohrläppchen gepackt und saugt an seiner Unterlippe.

Hm. Dabei hatte ich immer gedacht, sie hätte eine Vorliebe für den jungen Ugo. War wohl eine Fehleinschätzung.

Wong zieht sie vom Professor und übernimmt die Erste Hilfe, was bei ihm gleich sehr viel professioneller und weniger nach Porno aussieht.

»Der da drüben kommt wieder zu sich«, warnt Pjotr, ohne jedoch irgendwie aktiv zu werden.

Ich rappele mich hoch, robbe mich zu dem stöhnenden Chinesen und lege ihm Handschellen an.

Peggy und Pascha schließen auf. Peggy presst sich die Hand vor den Mund und lässt sich in ihrem Entsetzen von Pjotr trösten, der männlich-markig den Arm um ihre Schultern legt.

Pascha läuft zum Küchentisch und markiert ein Tischbein.

Ugo schlendert ebenfalls zum Küchentisch, öffnet einen darauf liegenden Pizzakarton und fischt eine Pizzaecke heraus.

In dieses Tableau kommt der Inselarzt gelaufen, der sich ans letzte Mal erinnert hat und eine Ampulle Anaphylaktikum in der Hand hält. Das braucht er aber nicht, denn der Professor hat eindeutig keinen Allergieschock. Was der Arzt auch sofort diagnostiziert.

»Herzinfarkt, das muss jetzt schnell gehen.« Der Doktor telefoniert.

»Wird er überleben?«, fragt Gunda ängstlich.

»Wir tun, was wir können. Was ist mit Kai-Uwe?«

»Wer?«, frage ich den Arzt.

»Kai-Uwe Tanaka, der Pizzabote.«

Hm, das klingt jetzt nicht gut.

»Leute, alles in Ordnung? Ich habe den Doc kommen sehen.« Satnam kommt angelaufen.

Wie sich herausstellt, hat Kai-Uwe – ein Juister mit hälftig japanischem Migrationshintergrund – nicht einmal eine Gehirnerschütterung, nur eine Beule.

Er findet das nur bedingt tröstlich. »Sie wollte mir mein Geld stehlen«, schimpft er und zeigt, weil seine Hände auf den Rücken gefesselt sind, mit dem Fuß auf mich.

Das, was ich für eine Waffe gehalten habe, erweist sich als schwarze Gastronomiegeldbörse.

»Ich verklage Sie!«, droht Kai-Uwe. Im Gegensatz zu Wong zeigt sein asiatisches Gesicht deutliche Anzeichen von Emotion. Auf den ersten Blick erkennt man Wut, Demütigung und noch mal Wut.

»Was war denn hier los?«, will der Arzt wissen.

Wong nimmt Kai-Uwe die Handfesseln ab.

Ugo und Pjotr und Satnam haben es sich mittlerweile auf der Küchenbank gemütlich gemacht und knabbern Chips. Peggy feudelt die Urin-Lache von Pascha auf. Erstaunlich, wie viel Flüssigkeit in so einen kleinen Hund hineinpasst.

Gunda kommt mit dem Koffer des Professors angelaufen, den sie rasch gepackt hat. »Angelaufen« ist euphemistisch gemeint: Der Koffer teilt die Größe mit seinem Besitzer und ist in seinen Ausmaßen so üppig, dass Gunda als Ganzes bequem hineingepasst hätte, ohne zusammengeklappt werden zu müssen. »Ich wusste nicht, was er braucht, da habe ich alles eingepackt«, keucht sie.

»Wir müssen ihn ins Krankenhaus fliegen, da kann der Koffer nicht mit«, sagt der Arzt. Draußen fährt auch schon der Sanka vor.

»Ich komme mit«, erklärt Gunda.

»Sind Sie seine Frau?«

»Ja«, lügt Gunda mit dem Mut der Verzweiflung.

Keiner von uns widerspricht.

Nur Ugo sagt: »Da werde sich der Professore aber wundern, wenn er aufwache in Krankenhaus.«

»Hoffen wir, dass er wieder aufwacht«, sage ich und hoffe es wirklich inständig.

Die Jungs helfen, den Professor auf die Trage und nach draußen zu wuchten. Man könnte meinen, dass es wegen des professoralen Gewichts eine Zumutung gewesen sei, doch es liegt eher daran, dass noch geschätzte sechzig Kilo

Frau zu stemmen sind. Während der Professor wie ein gestrandeter Wal abtransportiert wird, wirft Gunda sich wie ein Putzerfischchen regelmäßig auf seine Leibesmitte und schluchzt und rutscht wieder herunter und wirft sich wieder auf ihn. Die Männer lassen sie gewähren.

Kai-Uwe rappelt sich auf, schnappt sich seine Börse, sagt »Sie hören noch von mir!« Dann stapft er hinaus.

Gleich darauf kommt er wieder: »Ich kriege noch 28 Euro 50 für die Pizza!«

Am nächsten Morgen lacht die Sonne.

Sie grinst sich eins, könnte man auch sagen, denn sie hat bei Facebook ein Konto und hat auf den Seiten *Juist Töwerland*, auf *Juist, I love it!* und sogar auf *1. Alte Herren TSV Juist* (One Island, One Soul, One Team – Old Dirty Bastards) begeisterte Berichte über den Helden des Tages gelesen.

Die Frauen schwärmen für ihn, die Männer begeistern sich für ihn. Solche Kerle braucht die Insel!

Der *Ostfriesische Kurier* bringt einen Sechszeiler über den Vorfall. Und die *Juist Net News* titeln DER HEIMLICHE INSELKÖNIG – UGO CANOLI

Da muss ich sofort an Jürgen Drews und Malle denken und der Vergleich liegt so fern nicht, denn auch Ugo schmettert ja andauernd irgendwelche ollen Kamellen, aber witzig finde ich das nicht.

Wie viele Menschen versuchen vergeblich, in den Medien groß herauszukommen. Ugo schafft das lässig und ungewollt und trotz all meiner gegenteiligen Bemühungen. Die ganze Sache ist ein weiterer Nagel an meinem Sarg.

»Ugo, aufstehen!«, brüllt Satnam, der die Zeitung vorbeigebracht hat. Und seinen Laptop, um mir die relevanten Facebookseiten gleich zu zeigen.

Wong und Ugo sind oben und packen. Wir reisen ab. Wird auch Zeit.

Pjotr und Peggy sind sich nach dem Abtransport des Professors nähergekommen und haben – weil sie unser Haus auf Anweisung von Wong nicht verlassen durften – im Bett des Professors zweifellos unaussprechliche Dinge miteinander angestellt. Oder mit Pascha. Was auch immer.

Satnam klappt den Laptop zu, lehnt sich auf der Küchenbank zurück und verschränkt die Hände über seinem Buddhabäuchlein.

»Kaffee?«, frage ich. »Oder soll dir Wong Tee machen?«

»Danke, aber bei euch trinke ich nichts. Dein Kaffee schmeckt wie Maschinenöl und mit dem Tee von Wong kann man Tote aufwecken.« Er zupft an seinem Lendenschurz herum. »Weiß man schon, wie es dem Professor geht?«

Ich schüttele den Kopf.

Satnam nimmt die tibetische Gebetskette vom Arm und rollt eine Kugel nach der anderen geistesabwesend mit seinen Fingern. »Weißt du, ich werde euch vermissen. War nie langweilig mit euch. Immer was los.« Er seufzt. »Und ich bin froh, dass ich hinter die Kulissen schauen durfte. Du weißt schon, dass ich euch durchschaut habe?« Er kichert. »Ugo Canoli ist nur ein Pseudonym und er heißt in Wirklichkeit Marco Mustermann. Du bist gar nicht seine Frau, sondern seine Schwester und ebenso wie er Life-Performance-Künstlerin. Ich habe davon in der *Welt am Sonntag* gelesen. Künstler nehmen eine Identität an und leben die dann, als wäre sie echt. Völliges Aufgehen in der Kunst. Ihr spielt untergetauchter Mafia-Gangster. Geil, echt!«

Ich drehe ihm in diesem Moment den Rücken zu und das ist gut so, denn mir sind wohl die Gesichtszüge entglitten und bevor ich sie nicht wieder in die alte Stellung zementiert habe, sollte er mich nicht von vorn sehen. Ich spüre aber deutlich, wie er meinem Rücken verschwörerisch zuzwinkert.

»Ja, wir sind die M&Ms. Aber das bleibt unser Geheimnis, ja?«, sagt Wong von der Tür.

Wie immer habe ich ihn gar nicht kommen hören. Die asiatische Schleichkatze, so werde ich ihn künftig nennen. Keine Ahnung, warum mich die bloße Präsenz dieses Mannes so aufregt.

»Ich habe noch schnell aufgeräumt und saubergemacht. Wegen mir können wir jetzt los«, erkläre ich.

»Ugo isse schon da.« Unser Kleinkind stürmt in die Küche, wirft seine Reisetasche achtlos in eine Ecke, schaut im Kühlschrank, ob es noch was zu essen gibt, aber es gibt nichts, weil Ugo die Pizza von gestern Abend ratzekahl aufgegessen hat, schmollt kurz, setzt sich dann neben Satnam und haut ihm auf die nackte Schulter.

»Ugo werde dich vermisse, alter Freund. Du bisse seltsames Kerlchen.«

Satnam nimmt das gelassen. Seine Mit-Insulaner haben ihn – den ostfriesischen Gandhi-Doppelgänger – zweifellos schon mit ganz anderen Ausdrücken bedacht.

»Ja, habe ich gerade auch gesagt. Ihr werdet mir mächtig abgehen.« Er schluckt.

Glänzen seine Augen plötzlich feucht?

»Ugo mache von jetzt an immer Urlaub bei dir«, verspricht Ugo vollmundig.

»Ja, schon gut, mir kommen gleich die Tränen«, sagt Wong und zieht Ugo von der Küchenbank und nach draußen. »Nehmen Sie das Gepäck?«, ruft er mir zu.

Idiot!

3. Akt

Showdown

Ugo muss sterben

Ein Wimmelbild von Brueghelscher Fülle. Chaos, Tohuwabohu, Hundegebell, Möwengeschrei.

Am Hafen von Juist ist der Teufel los. Nach fast einer Woche Sturm, Orkan, Weltuntergang herrscht auf Juist endlich wieder das Wetter, für das man die Insel kennt und liebt: Sonne pur.

Die Fähre, die sich ja nach den Gezeiten richten muss, hat eben angelegt und aus ihrem Bauch einen wahren Durchfall an Menschen produziert. In den so entstandenen Hohlraum wollen Wong, Ugo und ich zusammen mit Dutzenden, ja Hunderten Menschen, die zum Teil seit Tagen auf der Insel sturmbedingt festsaßen, einfallen.

Es könnte eine Szene aus einem Horrorfilm sein. Das riesige Mutterschiff aus dem Weltraum öffnet sein Innerstes und die Menschen strömen – mit glasigen Blicken, weil hypnotisiert – wie Schlachtlämmer hinein.

Allerdings wie eilig von selbst drängelnde Lämmer, weil nach der Zwangspause der Wunsch, endlich wieder nach Hause aufs Festland zu kommen, bei manchen stärker ist als die gute Erziehung. Es geht folglich eng zu auf dem eigentlich breiten Weg zum Hafen.

Für eine Horrorfilmszene ist es andererseits viel zu schön. Minütlich scheint sich die Sonne mehr anzustrengen. Der Himmel leuchtet azurblau und die Möwen kreischen nicht, sie singen.

Es ist ein guter Tag.

Wir wären, wie so viele andere, ja lieber ausgeflogen worden, aber der Sturm hat zwei Maschinen zerlegt und der Flughafen auf Juist ist wegen der Aufräumarbeiten noch bis mindestens heute Abend gesperrt. Also muss es die Fähre sein.

Ugo schreitet fröhlich aus und schmettert ausgerechnet *Nessun Dorma*. Er ist kein Pavarotti, weder stimmlich noch von der Statur her, aber die strömenden Menschenmassen jubeln ihm zu. Aus Kutschen wird gewinkt, Fußgänger stoßen sich mit den Ellbogen an und zeigen auf den Inselhelden, Hunde bellen, Kinder kreischen, Trolleyräder quietschen.

Ugo schmettert weiter, winkt mit königlicher Gestik in die Menge, schmettert noch lauter und schreitet mit Grandezza aus.

Wongs Augen huschen nervös hin und her, wie ein Reh, das nur knapp von der Kugel eines Jägers verfehlt wurde und jetzt hinter jedem Baum einen Grünrockträger vermutet.

Ich folge den beiden schwitzend, den Bollerwagen mit den Reisetaschen hinter mir herziehend. Eigentlich müsste das ganz leicht gehen, zumal Ugo nicht mehr drinsitzt, wie bei unserer Ankunft, aber aus irgendeinem Grund kommt mir der Bollerwagen tonnenschwer vor. Hat Ugo die Kuckucksuhr aus seinem Zimmer mitgehen lassen? Nein, höchst unwahrscheinlich, die ist nicht sein Geschmack. Es muss an Wongs Reisetasche liegen, schlussfolgere ich, denn die lag letztes Mal nicht im Bollerwagen. Vermutlich hat Wong immer einige Ziegelsteine im Gepäck, an denen er seine Karate-Künste übt.

Unsere kleine Karawane zieht weiter in Richtung Hafen. Wong teilt die Massen wie einst Moses das Meer. Hinter ihm Ugo und dann ich mit dem Bollerwagen.

Pjotr, Peggy und Pascha haben wir irgendwie unterwegs verloren, aber das ist jetzt auch egal.

Hin und wieder kommt jemand – unweigerlich weiblichen Geschlechts – auf Ugo zugelaufen und will sich mit ihm fotografieren lassen, aber das schmettert Wong gnadenlos ab.

»Treten Sie beiseite«, verlangt er mit autoritärer Stimme.

Einer Stimme wie dieser widersetzt man sich nicht. Die Hand hat er die ganze Zeit über unter dem Jackett. Für einen ahnungslosen Außenstehenden mag es so wirken, als habe er einen juckenden Hautausschlag in der Achselhöhle, Insider wissen, dass seine Hand fest auf seiner Glock liegt. Eine falsche Bewegung von einem der Touristen und irgendein Bayer, Sachse oder Ruhrpottler kann fürderhin keine Kinder mehr zeugen ...

Zügig schreiten wir voran. Nur noch wenige Meter. Wir haben schon den großen Vorplatz erreicht, auf dem die an- und abreisenden Massen aufeinandertreffen.

Irgendwo seitlich links meine ich Pjotr und Peggy und Pascha zu sehen. Wie nett, die wollen uns zum Abschied zuwinken. Ich hätte gedacht, dass sie sich sofort zu Peggys Elternhaus aufmachen und dort in ihrem alten Mädchenzimmer weiter unaussprechlichen Freuden hingeben.

Und da rechts – ist das nicht der Mann mit dem Dackel? Den wir schon vor dem Kurhaus gesehen haben?

Ich bin jedoch völlig ruhig. In den letzten Tagen habe ich hinter jedem Strandhaferbüschel, in jedem Juister eine Bedrohung vermutet.

Mit welchem Erfolg?

Ich habe aus Maulwurfshügeln Wolkenkratzer gemacht. Habe unschuldige Pizzaboten lädiert und einen absolut integren Kollegen des Verrats verdächtigt. Und genützt hat es alles nichts, denn ich wurde schwer gedemütigt zurückbeordert.

Dieser Auftrag ist so dermaßen schiefgelaufen, dass ich zweifellos zur Legende werde. Auf allen künftigen Weihnachtsfeiern des BKA wird man sich zuraunen: Weißt du noch damals, die Affäre Canoli, als die Wagenkötter eigenhändig den Ruf des ganzen Amtes in den Sand gesetzt hat? Buchstäblich in den Sand. Den Sand von Juist. Und dann werden alle mit alkoholfreiem Eggnog anstoßen und sehr herzlich über mich lachen.

Ich seufze.

Heftig rinnt der Schweiß.

»Pause«, verlange ich.

»Es sind doch nur noch ein paar Meter«, protestiert Wong und geht weiter.

»Nessun dorma, nessun dorma …« Ugo trifft die hohen Töne nicht. Die tiefen auch nicht. Aber er liegt mit Feuer und Herzblut daneben und immer mal wieder juchzt eine Passantin und klatscht ein Passant.

In mir droht der Hitzestau. Im Laufen ziehe ich mein Jackett aus und werfe es auf die Reisetaschen im Bollerwagen. Womöglich habe ich Schwitzflecken, was mir unter normalen Umständen peinlich gewesen wäre, aber hier und jetzt ist ohnehin alles egal. Dann schwitze ich eben. So what?

Plötzlich höre ich ein surrendes Geräusch.

Wong hört es auch.

Ugo spürt es mehr, als er es hört. Sein Oberkörper wird zur Seite gerissen. Sein Hemd färbt sich rot. Er taumelt. Er geht in die Knie.

»Oh mein Gott«, entfährt es mir.

»Auf den Boden«, brüllt Wong und reißt Ugo flach ins Gras. »Alle hinlegen!«

Keiner legt sich hin. Nur wir drei.

Wong und ich ziehen unsere Waffen, aber der Schütze ist nicht auszumachen.

Drüben auf dem Festland wäre jetzt Panik ausgebrochen, aber der Juister an sich kennt offenbar keine Angst und die Touristen denken vermutlich, dass unsere kleine Einlage ihrem Entertainment dient, und sie schreiten einfach zügig weiter, weil das Entertainment sie nicht aus den Badelatschen reißt und sie sich lieber einen der guten Plätze auf der Fähre sichern wollen.

Jedenfalls geht alles weiter seinen Gang.

Wong ruft: »Auf 14 Uhr, auf 14 Uhr.«

Damit meint er natürlich nicht die Uhrzeit, sondern die Richtung, aus der der Schuss kam.

Ich sehe aber nichts, weder auf 14 Uhr noch auf 14 Uhr 15 oder auf 13 Uhr 45.

Ist es ein professioneller Scharfschütze vom Dach des Hafengebäudes? Oder kam der Schuss direkt von vorn und somit von weiter unten? Etwa aus der Rentnertruppe links vor uns, alle in identischen grünen T-Shirts mit dem Aufdruck *Kegelbrüder Köln-Porz*?

»Wegrollen!«, befiehlt Wong.

Gut gedacht, wir müssen uns bewegen, sonst geben wir ein allzu gutes Ziel ab. Aber wohin rollen? Wir liegen auf einer vollkommen flachen Ebene, ohne nennenswerten Bewuchs. Wenn jetzt nicht sofort eine Instant-Nebelwand aufzieht, kriegt uns der Schütze früher oder später.

Wong klettert als lebender Schutzschild auf Ugo, der

ziemlich überrascht aus der Wäsche schaut. So, als könne er nicht glauben, dass ihm tatsächlich jemand nach dem Leben trachtet.

Wieder ein Surren, das aber Gott sei Dank ins Leere geht. Also, nicht ganz ins Leere, sondern in einen Rollkoffer, aber der Mann, der den Koffer hinter sich herzieht, merkt nichts.

»Auf den Boden!«, brüllt Wong die Umstehenden erneut an.

Die pellen sich ein Ei darauf.

Für das ungeübte Auge ist Juist genau das, was es vor zehn Sekunden war. Eine idyllische Urlaubsinsel unter der Sonne des Nordens.

Ja gut, ein paar Leute – die, denen wir drei vor die Füße gerollt sind – schauen uns fragend oder wahlweise verärgert an, aber das Gros der Menschen strömt an uns vorbei zur Fähre.

»Vorsicht!«, warnt Wong weiter.

Da könnte man auch im Schlussverkauf am Grabbeltisch »Immer schön langsam!« rufen.

»Ihr Leben ist in Gefahr«, ruft Wong weiter.

Das ist lieb gemeint, bringt aber nichts. Ist eher kontraproduktiv.

Mit weiblicher Intuition rette ich die Situation.

»Hilfe«, rufe ich, »Hilfe, jemand will Ugo Canoli ermorden!«

Wong schüttelt den Kopf. Es ist ein Wie-blöd-ist-das-denn?-Kopfschütteln.

Niemand reagiert.

Ich spüre zum dritten Mal etwas durch die Luft surren. Direkt neben Ugo und Wong fliegen Kiesel und Grashalme auf. Der Schütze ist von der hartnäckigen

Sorte. Und nächstes Mal wird er vermutlich nicht danebenschießen.

»Zu Hilfe«, kreische ich mit allem, was meine Lungen hergeben, »jemand will Ugo Canoli ermorden!«

Auch Ugo erkennt den Ernst der Situation. »Hilfe, jemand wolle Ugo tot sehen, Hilfe!«, ruft er.

Wong gibt einen nicht schalldämpfergedämpften Schuss in die Luft ab.

Endlich wecken wir die Aufmerksamkeit der Menschen um uns herum.

»Ugo ist in Gefahr«, höre ich es durch die Menge raunen. Es ist ein Sopranraunen. Die Frauenwelt spürt, dass ein ganz großer Verführer gefährdet ist.

»Ugo wolle nicht sterbe, Hilfe!«, quengelt Ugo und macht sich unter Wong ganz klein. Was eine ordentliche Leistung ist, weil es mehr Ugo als Wong gibt, sowohl in Länge als auch in Masse.

Die ersten Frauen lassen ihre Koffer fallen und bauen sich als lebende Schutzwand um Wong und Ugo auf.

»Mein Gott, er blutet«, ruft eine.

»Ugo Canoli blutet!«, schallt es gleich darauf aus Dutzenden Kehlen.

»Wer war das?«, brülle ich.

Das ist, wenn ich das selbst sagen darf, ein cleverer Schachzug.

Nun könnte man ja denken, dass Panik ausbricht, wenn ein Verrückter in eine Menschenmenge schießt und besagte Menschenmenge das auch endlich registriert hat. In neun von zehn Fällen wäre das auch so. Aber im zehnten Fall, in *diesem* Fall, geht es um Ugo Canoli, der getötet werden soll. Ugo, der in reifen Frauen den Mutterinstinkt und in jungen Frauen den Fortpflanzungstrieb weckt. Canoli, in dem Männer einen guten Kumpel sehen. So einen bringt man nicht einfach um. Bei so einem lässt man es auch nicht zu, dass er umgebracht wird.

»Wer schießt da?« Ich richte mich auf.

Ich bin mir ziemlich sicher, dass der Schütze von vorn rechts gefeuert hat, hinter den Gepäcksammelwagen der Fährgesellschaft.

»Da!« Ich zeige mit dem Finger in die Richtung, aus der die Schüsse gekommen sein müssen.

Und plötzlich ist er da: einer dieser unvergesslichen Gänsehautmomente, die man meist nur einmal im Leben erlebt.

Eine Frau nach der anderen zeigt in die Richtung, in die ich gezeigt habe. »Mörder!« – »Mörder!« – »Mörder!«

Alle zeigen mit ausdruckslosem Gesicht in dieselbe Richtung und irgendwann skandieren sie auch unisono im Gleichklang: »Mörder!«

Das erinnert mich an einen alten Gruselstreifen. *Die Körperfresser kommen*. Oder so ähnlich. Okay, die Ausgangssituation war anders und die Fingerzeiger im Film waren die Bösen, die kreischend auf jene zeigten, die noch nicht von den Außerirdischen assimiliert worden waren, am Schluss war das als Einziger nur noch Donald Sutherland. Aber im Großen und Ganzen ist es doch ganz ähnlich. So gut wie alle Menschen rufen schlussendlich »Mörder« und zeigen auf die Gepäckwagen und …

Da geschieht es!

Ein unauffälliger Durchschnittsmensch in Jeans und Windjacke löst sich von den Gepäckwagen, steckt etwas in seinen Hosenbund – zweifelsohne eine Waffe mit Schalldämpfer – und läuft in Richtung Wasser.

Ein Durchgeknallter wäre jetzt Amok gelaufen und

hätte wahllos in die Menge gefeuert. Aber professionelle Auftragskiller sind Menschen wie du und ich, die zu Hause Familie haben und die nur deshalb einem schmutzigen Job nachgehen, damit ihre Kinder studieren können, und die ihren Lebensabend nicht im Knast verbringen wollen, sondern abgesichert in ihrer Doppelhaushälfte in Rheda-Wiedenbrück. Profis bringen nur die Leute um, für die sie bezahlt werden.

Außerdem – das kriegt man in Hollywoodfilmen auch nicht so mit – ist Munition teuer. Wir sprechen hier schließlich nicht von 50 UMC Remington Kugeln zu 12 Euro 80 und auch nicht von 150 Kugeln Militärfertigung zu 65 Euro. Wir sprechen von handgefertigten Spezialkugeln, die Kevlar-Westen mühelos durchdringen können und im Körper nicht wiedergutzumachenden Schaden anrichten. So was verpulvert man nicht sinnlos.

Ich springe auf die Beine.

»Mörder!«, gellt es weiter, während ich mich dem Killer an die Fersen hefte.

Ich hole rasch auf, laufe im Slalom durch die fingerzeigende Menschenmasse, die zum Stehen gekommen ist.

Doch der Killer ist schnell. Ihn trennen nur noch wenige Meter vom Hafenbecken. Ich bin mir absolut sicher, dass am Kai ein Schnellboot festgemacht ist.

»Stehen bleiben!«, rufe ich, was natürlich albern ist.

Da!

Etwas Kleines katapultiert sich auf den Killer zu.

Es ist Pascha.

»Fass!«, gellt Peggy.

Die hat doch nicht mehr alle.

Pascha macht einen Hüpfer und verbeißt sich doch tatsächlich im Jeanshinterteil des Flüchtenden.

Den Flüchtenden behindert das in keinster Weise. Er rennt einfach weiter. Pascha hängt heftig wippend in den Po verbissen an ihm fest. Es sieht ein wenig so aus, als wäre dem Killer ein Chihuhuaschwänzchen gewachsen.

»Stehen bleiben oder ich schieße!«, rufe ich erneut.

»Schießen Sie doch einfach!«, schreit mir jemand zu.

Ich habe noch nie auf einen Menschen geschossen und will das eigentlich auch jetzt nicht tun. Also feuere ich einen Warnschuss nach oben rechts ab.

Oben rechts auf der Fähre schreit jemand auf.

Hm.

Ich renne weiter.

Den Killer hole ich aber in diesem Leben nicht mehr ein, der muss gedopt sein, so schnell, wie der rennt.

Doch gerade, als der Killer kurz abbremst, weil er ja nicht mit Anlauf einen Weitsprung ins Wasser hinlegen, sondern zivilisiert ins Schnellboot klettern will, holt so ein kantiger Juister Hafenarbeiter mit blauer Wollmütze auf den blonden Locken mit seiner Rechten, in der er einen Besen hält, kräftig aus und – zong! – zieht er den Besen dem Killer voll über die Rübe.

Der Killer macht eine Rolle rückwärts, kommt schwer auf dem Boden auf, zuckt noch einmal kurz mit beiden Beinen und bleibt dann reglos liegen.

Bedauerlicherweise für alle Hundefreunde muss gesagt werden, dass Pascha nicht rechtzeitig losgelassen hat. Er ist unter dem Killer nicht mehr auszumachen.

»Jaaa!«, jubelt die Menge. »Jaaa!«

»Pascha!«, kreischt Peggy entsetzt.

Ich höre einen Motor aufheulen. Der Helfer im Schnellboot macht die Fliege.

Allerdings hat er die Rechnung ohne den Wirt gemacht.

Will heißen, ohne Pjotr.

Der greift in sein Jackett, zieht etwas Längliches heraus, setzt die Zündschnur daran mit seinem Zigarillo in Brand, zählt einen unsichtbaren Countdown und wirft dann die Dynamitstange – denn um nichts anderes handelt es sich – in hohem Bogen so geschickt hinter das Boot, dass sie im Moment der Explosion auftrifft und die dabei entstehende Detonationswelle das Schnellboot von hinten nach vorn anhebt und kentern lässt.

»Jaaa, Ugo ist gerettet!«, ruft jemand, der eindeutig eine Stimmausbildung genossen hat, denn man hört ihn über das Durchdrehen des Schnellbootmotors und das Johlen der Menge hinweg.

Jetzt kennt die Begeisterung keine Grenzen mehr.

Völlig Fremde fallen sich in die Arme, ein Schiffshorn tutet, Möwen kreischen. Peggy tritt dem am Boden liegenden Killer in die Nieren, während Pjotr ihn anhebt und versucht, den platt gedrückten Pascha von dessen Hintern zu lösen, aber Pascha hat eine Beißsperre und kann nicht loslassen. Er scheint aber wenigstens noch zu leben.

Ich nähere mich vorsichtig, die Waffe im Anschlag. Aber der Mann ist nachhaltig ausgeknockt. Der Juister mit der Seemannsmütze lehnt sich lächelnd auf seinen Besen. »Keine Sorge, Fräulein, was ich platt mache, bleibt platt«, versichert er mir.

Ich bin beim Anpirschen noch fest überzeugt, in dem Killer meinen Kollegen Biedenkopf wiederzuerkennen. Wenn es ein Leck im Amt gibt, muss Biedenkopf es sein.

Aber ich erkenne den Killer nicht, als ich direkt vor ihm stehe. Ein mir völlig fremdes Gesicht.

Ich nehme seine Waffe an mich.

Dann drehe ich mich um. Durch die jubelnde Menge kann ich Wong und Ugo nicht ausmachen.

Lebt Ugo noch?

Wo genau hat ihn der Killer getroffen?

»Wenn er sich rührt, dann hauen Sie noch mal zu«, sage ich zu dem Juister. »Nicht mehr treten«, sage ich zu Peggy.

Ich laufe zu Wong und meinem Schützling zurück.

Wong kniet am Boden.

Er wirkt eingefallen. Der Rücken ist resignierend gebeugt.

Oh Gott ...

Wäre ich ein Auto, meine Bremsen würden quietschen, als ich neben den beiden zum Stehen komme.

»Ugo?«, rufe ich.

Wong schaut aus leidgeprüften Augen zu mir auf. »Ihm gilt also Ihre erste Sorge?«, fragt er. Er fragt es waidwund.

Das ist eindeutig eine Fangfrage. Noch dazu eine, für die es – wenn ich nichts preisgeben will – keine richtige Antwort gibt.

»Er ist unser Schutzbefohlener«, sage ich. »Unsere erste Sorge muss selbstverständlich ihm gelten.«

Lahm.

»Na, dann freuen Sie sich, es geht ihm gut. Es ist nur eine Fleischwunde. Ein Kratzer am Oberarm.«

Ugos Stöhnen erzählt eine andere Geschichte. Er windet sich am Boden und röchelt, als habe ihm das Geschoss sämtliche inneren Organe durchschlagen und dann eine Kehrtwende gemacht, um ihm auch noch die Kniescheiben zu zerschmettern.

»Nur ein Kratzer?«, wiederhole ich. »Echt?«

Wong nickt. Kleine Schweißperlen stehen auf seiner Stirn. Er sollte bei Sonnenschein eben keinen Dreiteiler tragen, denke ich.

»Die Kugel wurde ausgebremst, weil sie vorher etwas anderes durchschlagen hat«, sagt er mit schwerer Zunge.

»Was?«

»Mich.«

Er sieht zu mir auf, ein kleiner Blutfaden schlängelt sich aus seinem Mundwinkel, dann fällt er in Zeitlupe zu Boden.

Wo Ugo draufsteht, ist auch Ugo drin

Krisensitzung im Büro des Chefs. Einer fehlt. Es ist immer hart, wenn man einen aus den eigenen Reihen verliert. Da können wir Bundeskriminalamtsagenten noch so taff tun, es trifft jedes Mal aufs Neue ins Mark.

Und bei manchen trifft es einen härter, als man selbst gedacht hätte.

Ich muss schwer schlucken. Eine Träne erlaube ich mir aber nicht.

Kurzum: der Gummibaum weilt nicht mehr unter uns.

Sein blattloser Rumpf ragt im Papierkorb der Sekretärin zwischen diversen Minuten-Terrinen und geschredderten Geheimpapieren heraus. In seinem Übertopf steckt jetzt ein Benjamini. Der wird's nicht lange machen. Sieht jetzt schon leicht bräunlich aus. Aber zu Benjaminis habe ich keine so enge Verbindung wie zu Gummibäumen.

Hansen sitzt auf dem Schreibtisch. Er schaut – gelinde gesagt – ungnädig.

Ugo lümmelt sich auf der Besuchercouch. Nach eigener Aussage kann er nicht gerade sitzen, weil ihm die Schusswunde im linken Arm unerträgliche Schmerzen bereitet. Er hat aber noch genug Kraft, um einen Smoothie zu trinken und die ungefähr 200 Visitenkarten zu sichten, die ihm im Laufe seines Juist-Aufenthaltes von willigen Frauen zugesteckt worden sind. »Wer isse Oxana?«, murmelt er in seine Drei-Tage-Bartstoppeln. »Hmm, Oxana. Name zergehe auf Zunge … Wo isse Visitenkarte von Gabi?«

»Sie finden schon eine Neue«, tröste ich.

Ugo lächelt mich an. »Du glaube wirklich?«

Ich nicke. Sage ihm aber nicht, dass Hansens Sekretärin mit Vornamen Gabi heißt.

Wong liegt im Krankenhaus. Der Sanitäter sagte noch, ich solle mir keine Sorgen machen, ein glatter Durchschuss, das heile meistens problemlos, aber natürlich mache ich mir Sorgen.

Biedenkopf hält vor der Tür des Chefs Wache. Ich traue dem Kollegen B. immer noch nicht und sitze deshalb leicht schräg zur Tür, falls er plötzlich hereingestürmt kommt und sich Ugo krallen will.

Hansen brummt: »Zu allem Übel ist Herr Canoli auch noch verklagt worden. Er soll eine Insulanerin geschwängert haben.«

»Nur eine?«, werfe ich ein. »Da wird noch eine Klagelawine auf uns zukommen.«

»Ugo habe auf Insel nur geschlafe mit drei Fraue und auch immer mit Gummihaube. Ugo verlange Vaterschaftstest«, ruft Ugo.

Mit drei Frauen? Mit wem denn noch außer Peggy?

Etwa Gunda?

Oder hat er mit mir nächtens *Die Geschichte der W.* nachgestellt?

Wann, wo und wie genau hat er bitteschön mit drei Frauen geschlafen? Ich versuche, mich wieder zu konzentrieren.

Auf meinem Schoß liegt ein Berg an Zeitungen, den Hansen dort deponiert hat. *Ugo Canoli, Held* – lautet der Tenor der Schlagzeilen. In der *Zippert zappt*-Kolumne der *Welt* wird über das BKA gelästert und gefragt, wie viele BKA'ler man braucht, um einen Zeugen zu schützen (Antwort: keinen, die sind nur im Weg. Der Kolumnist empfiehlt künftigen Zeugen, immer einen Juister mit Besen zum Schutz dabeizuhaben), die BILD-Zeitung hat ein Foto von Ugo aus seiner Jungmännerzeit aufgestöbert, auf dem er sich nackt auf einer Liege neben einem Swimmingpool räkelt, die *Bunte* berichtet, dass Ugo auf Juist eine heiße Affäre mit dem gleichzeitig dort weilenden Pornostar Samira gehabt habe, weswegen nicht nur die Mafia und die Triaden hinter ihm her seien, sondern auch Samiras Verlobter, ein Bundesligavizetrainer.

»Wenn Ugo jemals Vater werde, dann mit guter, italienischer, katholischer Jungfrau«, ruft Ugo.

Hansen ignoriert Ugos Einwurf und konzentriert sich nur auf mich.

»Eine Klagelawine, Frau Wagenkötter? Wollen Sie etwa witzig sein?« Hansen hebt eine Augenbraue. »Lassen Sie das gefälligst! Sie haben Mist gebaut. Granatenmäßigen Bockmist! Sie haben unsere Behörde degradiert und Hohn und Spott ausgesetzt!«

Ich persönlich werfe mir ja in erster Linie vor, dass ich das Leben des Zeugen nicht habe umfassend schützen können, aber so hat eben jeder seine eigenen Prioritäten.

Hansen gleitet vom Schreibtisch und baut sich vor mir auf. »Ihnen ist ja wohl klar, welche Konsequenzen das nach sich zieht. Beruflich gesehen. Von meiner persönlichen Enttäuschung ganz zu schweigen. Ich hatte enorm hohe Hoffnungen in Sie gesetzt, Frau Wagenkötter, und Sie haben sie alle enttäuscht. Alle.«

Ich senke den Blick. Nur zum Teil, weil ich mich schäme. Aber so, wie er vor mir steht, schaue ich ansonsten genau auf seinen Schritt. Und wenn ich ihm in die Augen schaue, bekomme ich Genickstarre. Also schaue ich auf seine geflochtenen Lederschuhe.

»Selbstverständlich werden Sie vom Dienst suspendiert«, verkündet Hansen.

»Wie bitte?« Jetzt lege ich meinen Kopf doch in den Nacken und starre zu ihm auf.

»Na, damit werden Sie doch wohl gerechnet haben, ich bitte Sie!«

Ja klar, irgendwie schon. Jemand muss den Kopf dafür herhalten und der Kopf der leitenden Beamtin ist dafür prädestiniert. Ich hätte diesen Auftrag gar nicht erst annehmen dürfen.

»Was wird dann aus mir?«, frage ich kleinlaut.

»Das klären wir später. Waffe und Ausweis.« Hansen wedelt ungeduldig mit der Hand.

Ich fische meine Walther PPK aus der Handtasche und während ich noch nach meinem Ausweis wühle, reißt Hansen mir die Walther schon aus der Hand.

Er fasst sie interessanterweise am Griff an, nicht am Lauf, und geht gemessenen Schrittes auf die Besuchercouch zu, von der es gerüchteweise immer hieß, es sei eine Besetzungscouch für die Sekretärinnen des Amtes, und auf der Ugo immer noch Visitenkarten mischt wie ein Croupier Pokerkarten in Las Vegas.

»Herr Hansen?«, sage ich fragend.

Aber Hansen scheint mir nicht mehr Hansen zu sein. Er geht wie ein Schlafwandler, wie ein Hypnotisierter, wie einer in Trance, wie … also jedenfalls total merkwürdig.

In Zeitlupe hebt er die Hand mit meiner Waffe.

»Herr Hansen?« Ich stehe auf.

Wäre dies ein Hollywoodfilm, man hätte meine Rolle mit einem blonden Dummchen besetzt, das jetzt entsetzt die Hand vor den Mund presst.

Dieser Gedanke ärgert mich. »Herr Hansen, bleiben Sie sofort stehen!«, befehle ich mit derselben Stimme, mit der ich meinem Hamster Emmerich bei seinem Freigang immer zu sagen pflege: »Nagezähne weg vom Elektrokabel!«

Hansen schert sich darum ebenso wenig wie mein Hamster.

Ugo schaut auf. Noch guckt er unbekümmert.

»Eine Viertelmillion«, sagt Hansen, mehr zu sich selbst als zu uns. »Ich habe der Wagenkötter die Waffe aus der Hand gerissen und sie dann mit ihrer eigenen Waffe ausgeschaltet. *Sie* war das Leck! Zuvor hat sie unseligerweise noch Herrn Canoli gerichtet.«

Er gibt sich selbst Drehbuchanweisungen.

Ich schaue ihm verständnislos nach.

Aber nur kurz. Dann stoße ich einen asiatischen Kampfschrei aus – Wong wäre stolz auf mich gewesen! – und stürze mich auf meinen Chef.

Das kratzt den so wenig, wie es eine deutsche Eiche kratzt, wenn sich ein Frischling an ihr schubbert. Hansen ist ein Schrank von einem Mann. Aber ich bin zäh. Diese ganze jämmerliche Woche, in der ich von einem Desaster ins nächste rutschte, diese Woche, die mein Leben, so wie ich es kannte, für immer zerstörte, macht mich ... wütend, ja wütend! Ich werde nicht kampflos zusehen, wie Hansen erst Canoli und dann mich ermordet und es hinterher so aussehen lässt, als sei ich das korrupte, mörderische Verräterschwein. Das kann ich meinen Eltern nicht antun. Und meinem ehrenden Angedenken auch nicht. Ich will, wenn schon, ein offizielles Begräbnis, mit Flagge auf dem Sarg und Fanfarenbläsern und der Monika aus der Kantine, die schluchzend einen Becher

Grießbrei in mein Grab wirft, weil ich Grießbrei immer so gern gegessen habe.

»Ugo, laufen Sie weg«, rufe ich, während Hansen versucht, mich abzuschütteln. Ich habe beide Arme um seinen Hals geschlungen und lasse nicht los. »Biedenkopf!«, brülle ich.

Hansen kichert. »Schallisoliertes Büro, da können Sie lange rufen.«

»Ugo, raus hier!«, gelle ich, aber da knallt auch schon der erste Schuss.

Es scheint keiner getroffen.

Doch ... halt ... es hat einen getroffen. Der Benjamini knickt ein.

Hansen schlenkert mich wie eine Stoffpuppe, die ihm am Hals hängt, hin und her. Ich will verdammt sein, wenn ich loslasse. Mir wird allerdings übel. Ich hab's nicht so mit Wellenbewegungen. Aber ich weiß, dass Hansen Ugo nicht tödlich verwundet haben kann, denn Ugo stöhnt schon wieder gottserbärmlich. Vermutlich erneut nur ein Streifschuss.

»Verdammt, Wagenkötter. Lassen Sie's gut sein. Sie haben es einfach nicht drauf. Verabschieden Sie sich mit Würde von dieser Welt.« Hansen ist die Ruhe selbst.

Deshalb ist er auch Chef geworden und nicht, sagen wir mal, ich. Weil ich nämlich immer gleich in Panik gerate. Und nie einen Plan habe.

»Was da noch an Würde zu finden ist.« Hansen kichert. »Meine Tante war auf Juist und hat mir von Ihren Patzern erzählt. Es ist wohl noch nie ein Auftrag dermaßen verbockt worden.«

»Ihre Tante?«, keuche ich, während ich immer noch an seinem Hals hänge.

»Tante Gunda. Sie glaubte natürlich, sie tue ein gutes Werk, wenn sie Sie im Auge behält und mir regelmäßig davon berichtet. Davon, dass ich mir von der Viertelmillion eine Hochseejacht kaufen werde, weiß sie nichts.« Er lacht irre.

Ich stoße ihm mein Knie in den verlängerten Rücken, aber da ich auf der falschen Seite hänge, tut ihm das natürlich nicht weh.

Ich brülle »Biedenkopf!«, trotz der schallisolierten Wände, aber das ist nur ein Zeichen meiner Gehirnaufweichung, nicht des Mutes der Verzweiflung.

Einen Moment lang überlege ich, ob ich nach unten rutschen und mich wie Pascha in Hansens Hinterteil verbeißen soll. Nicht, weil das den Mann aufhalten würde, aber weil Ugo dann womöglich Zeit hätte, sich in Sicherheit zu bringen.

»Ugo, raus hier!«

Ugo röchelt nur. Ob Hansen ihn doch lebensgefährlich erwischt hat? Hat die Kugel, die den Benjamini knickte, auf ihrer weiteren Flugbahn ein kritisches Weichteil von Ugo zermanscht? Aus den Augenwinkeln sehe ich, wie sich Ugos Brust rot verfärbt.

Scheiße!

Ich lasse mit der linken Hand los und reiße Hansen mit all der Kraft, die ich aufbringen kann, am Ohrläppchen. Das weckt nun seine Aufmerksamkeit. Und seinen Zorn. Hätte er keinen Stecker im Ohr gehabt, wie jeder anständige heimliche Rocker, ich hätte nicht genug Halt gefunden, aber so reiße ich ihm das Ohrläppchen hälftig vom Kopf. Es blutet heftig.

»Sehr gut«, sagt Hansen, packt meinen rechten Arm und kann mich nun, da ich nur noch einarmig an ihm hänge, mühelos von sich wickeln. »Jetzt bin ich verletzt, das macht meine Geschichte nur umso glaubhafter.« Er kichert und sieht aus wie Jack Nicholson in *Shining*.

Hansen wirft mich mit Schmackes auf den Perserteppich, mit dem sein Büro großflächig ausgelegt ist.

Ich rutsche ein paar Meter über den weichen Flor und werde dann vom Schreibtisch aufgehalten.

Breitbeinig kommt Hansen auf mich zu, wie ein böser John-Wayne-Klon. »Arrivederci, Frau Wagenkötter«, sagt er mit tonloser Stimme und richtet meine eigene Waffe auf mich.

Ich schließe die Augen.

Den Schuss kann ich noch hören.

Dann bin ich tot.

Na ja, nicht richtig tot. Es kommt mir nur so vor, weil ich nämlich eine sehr lebendige Vorstellungskraft besitze. Die braucht man, wenn man die Reisekosten der Abteilung Zeugenschutz im Bundeskriminalamt erfolgreich managen will.

Also, ich spüre die Kugel nicht, die mich trifft, aber ich weiß, dass dies mein Ende ist.

So sterbe ich also: ungelebt, ungefreit, unvermutet.

Im Großen und Ganzen bereue ich nichts, aber wenn ich noch eine zweite Chance bekäme, würde ich vielleicht manches anders machen. Ich würde definitiv von der Hamsterhaltung absehen.

Es wird dunkel um mich. Und kalt. Ich erwarte, am Ende eines Tunnels ein Licht zu sehen, aber es bleibt finster. War ja klar. Kurz, bevor es mit mir ganz zu Ende geht, noch diese Enttäuschung. Kein Leben nach dem

Tode. Meine Oma wartet nicht auf mich, um mich ins Licht zu führen. Es gibt gar kein Licht.

Aber es gibt Lärm.

Ein Schrei. »Ha!«

Ein dumpfes Geräusch, wie ein Benjamini-Untertopf, der schwer auf die Schläfe eines leitenden BKA-Beamten knallt.

Der Klang eines Körpers, der in den Knien einsackt und dann schwer auf dem Boden zu liegen kommt.

Ich sehe ein, dass ich vermutlich doch nicht tot bin, und öffne die Augen.

Hätte ich nicht tun sollen.

Vor mir steht Ugo.

Nicht Ugo, sondern sein Zombie. Der gesamte Oberkörper blutgetränkt, steht er dennoch da wie eine Eins. Ein Untoter, der sich an seinem Mörder rächte.

Das ist dann der Moment, in dem ich tatsächlich in Ohnmacht falle.

Nachwort

»Melisande ...«

Die Stimme lockt mich. Aber ich widerstehe ihr. Ich will die Augen nicht öffnen. Ich will nicht zurück in die reale Welt, wo mir alles über den Kopf wächst und nichts so nebulös, so schwammig, so herrlich egal ist wie hier in meinem Dämmerzustand.

»Melisande ...«

Nicht auf die Stimme hören. Weiterdämmern.

»Melisande...«

»Wong«, sage ich und seufze.

»Nix Wong, ich bin's«, sagt Ugo.

Schlagartig bin ich hellwach.

»*Ich* bin's?«, wiederhole ich ungläubig. »Unmöglich. Ugo Canoli spricht von sich grundsätzlich nur in der dritten Person.«

»Ugo schon, ich nicht. Ich bin Patrick Schöllhammer, Kollege aus dem Ruhrgebiet.« Er zaubert von irgendwoher seinen BKA-Ausweis.

Ich starre ihn an. »Nein, Sie sind Ugo Canoli.«

Blutüberströmt kniet er über mir.

Wir sind immer noch allein.

Neben uns liegen der ausgeknockte Körper von Hansen und der tote Benjamini.

Ich kann nicht länger als ein paar Sekunden weggetreten sein.

»Hoch mit Ihnen«, sagt Ugo oder Patrick oder der Untote. »Ihnen ist nichts passiert. Hansens Kugel hat nur den Schreibtisch umgeschnitzt.«

»Sind Sie nicht tot?« So albern frage ich sonst nicht, das muss noch der Schock sein.

»Nein. Das auf meinem Hemd ist nur der Rote-Bete-Smoothie.« Er hievt mich auf die Beine und klopft mir den nicht vorhandenen Staub von der Bluse, wobei er sich gerade im Brustbereich viel Zeit lässt.

»Ugo!«

»Nix Ugo. Patrick«, stellt er nochmals klar. Das, was aussieht wie ein echter Canoli, aber keiner ist, lacht.

»Aber Pjotr Molotow, der hat Sie doch erkannt!«, murmele ich immer noch ungläubig.

Patrick schüttelt den Kopf. »Pjotr, ja, das war echt ein haariger Moment. Als Wong ihn damals ausgeknockt in die Küche schleppte, da fürchtete ich schon, dass ich auffliegen würde, weil Pjotr mich in meiner Klar-Identität kennt. Ich habe ihn nämlich seinerzeit als V-Mann angeheuert. Als Pjotr zu sich kam und ich ihm mehrfach zurief, dass ich Ugo sei, hat er gleich kapiert. Das gibt ein paar Tausender extra für ihn. Cleveres Kerlchen. Wird sich dennoch irgendwann selbst in die Luft sprengen.«

»Aber …«, stammele ich.

»Die oberste Heeresleitung hatte Hansen schon seit Langem in Verdacht. Als er vorschlug, ausgerechnet *Sie* zur leitenden Personenschützerin in diesem Fall zu machen, war uns alles klar. Und weil ich dem echten Canoli ähnlich sehe, hat man mich als Ersatz untergeschoben. Um zu sehen, wie Hansen – der davon natürlich keine Ahnung hatte – reagieren würde. So gesehen war die Mission ein voller Erfolg. Hansen hat sich selbst enttarnt.«

Ich höre aus diesem Monolog nur eines heraus: »ausgerechnet *Sie*.«

Und ärgere mich.

Wenn dieser Doppelgänger das Original gewesen wäre und sich nicht so willkürlich danebenbenommen hätte, hätte ich die Aufgabe mit Bravour bestanden. Jawohl!

»Wir waren uns nicht ganz sicher, ob Sie mit Hansen in einem Boot stecken, deshalb konnten wir Ihnen nichts sagen. Wobei .... Nachdem ich Sie zum ersten Mal gesehen hatte, war mir persönlich schon klar, dass man Ihnen vertrauen kann. Wong hat noch gezweifelt, aber ...

»Wong steckt mit Ihnen unter einer Decke!«

Ich weiß nicht, warum mich das so fuchst. Ich werde laut.

»Wong! Der hat ständig telefoniert. Ich hielt ihn für den Maulwurf.«

Patrick lächelt. »Seine Schwester liegt mit Lungenentzündung im Krankenhaus, da hat er sich öfter mal nach ihrem Befinden erkundigt. Aber Wong ist total integer.« Er grinst. »Der hat übrigens was für Sie übrig, liebe Kollegin.«

Ich höre nur das Rauschen in meinen Ohren.

»WONG!«, schreie ich.

Aus irgendeinem Grund ist das der Moment, in dem die Schallisolierung offenbar an ihre Grenzen stößt.

Biedenkopf reißt die Tür auf und ruft: »Ja, wer ruft mich?«

Epilog

Der echte Ugo Canoli blieb die zwei Monate bis zur Verhandlung in einem unbekannten Safehouse. In dieser Zeit wurde ihm kein Haar gekrümmt, allerdings schwängerte er eine der Kolleginnen vor Ort. Patrick hat in seiner Darstellung des Canoli-Charakters offenbar nicht übertrieben, sondern sich strikt nach der Vorlage gerichtet.

In einem spektakulären Prozess sorgte Ugo Canoli dafür, dass große Teile der italienischen Mafia in Deutschland sowie sämtliche Hongkongtriaden für mindestens zwei, drei Monate völlig von der Bildfläche verschwanden, weil ihre führenden Köpfe von Sondereinsatzkommandos dank Ugos Angaben aufgespürt und weggesperrt worden waren. Aber solche Köpfe wachsen ja irrsinnig schnell nach. Egal, Ugo hat seine Pflicht getan und wohnt jetzt mit Frau und Kind in einer Blockhütte an einem norwegischen Fjord. Oder in einem Chalet in den Schweizer Bergen. Darf ich Ihnen nicht sagen, ist streng geheim.

Der falsche Ugo alias Patrick schreibt mir hin und wieder noch Postkarten und zwar immer dann, wenn er mal wieder auf Juist Urlaub macht. Er hat da noch einige Eisen im Feuer. Bin mir ziemlich sicher, dass die Eisen »Gabi« heißen. Und er reist nicht unter seinem Klarnamen … *Ugo liebe dich, Ugo liebe euch alle* steht immer auf seinen Karten. Mit einem Zwinkergesicht daneben.

Dem Professor geht es mittlerweile wieder gut. Sogar sehr gut. Der Infarkt war sein Erweckungserlebnis, machte ihn vom Saulus zum Paulus, vom Professor Dr. Dr. Dr. h.c. »so viel Zeit muss sein« zu Professor Chefkoch. Er hat auf Juist eine Kneipe eröffnet, in der es insulanische Spezialitäten gibt, zum Beispiel Ugos Sanddorngrog, dessen Rezept der Professor und Patrick unter viel Gelächter im Selbstversuch erfanden und das im Anhang aufgeführt ist. Sie würden ihn nicht wiedererkennen, wenn Sie ihn jetzt sähen: Er hat noch mal zehn Kilo zugenommen und sich einen Bart stehen lassen und gibt jedes Weihnachten den heiß geliebten Weihnachtsmann für die Juister Kinder.

Satnam hat bei einem Piratenradiosender vor der Küste Ostfrieslands eine eigene Morgenshow bekommen. »Meditieren mit dem Meister« heißt sie. Satnam begrüßt die Hörer mit einem fröhlichen »Buddha mit euch« und meditiert anschließend eine Stunde lang schweigend, wonach er sich mit einem weiteren »Buddha mit euch« verabschiedet. Es sind keine Aufzeichnungen. Das macht Satnam jeden Morgen live. Eine Stunde lang Schweigen im Radio. Er ist mittlerweile Kult.

Peggy konnte sich dreimal hintereinander die begehrte Trophäe »Miss Juist« aufs heimische Regal stellen. Allerdings »Miss Juist auf vier Beinen.« Wie sich herausstellte, ist Pascha in Wirklichkeit kein Er, sondern eine Sie. Das muss uns nicht peinlich sein, dass wir das nicht gemerkt haben, das ist Pascha selbst auch nicht klar. Der Chihuahua hält sich für einen Kerl, pinkelt ausschließlich im Stehen und hat – nachdem es ihm einmal so lecker geschmeckt hat – zwei weitere Juistbesucher in den Podex gebissen, weswegen er in der Öffentlichkeit jetzt immer Maulkorb tragen muss. Das war Peggy auf Dauer lästig, weswegen sie Pascha an ein befreundetes Ehepaar abgegeben hat.

Der Attentäter aus dem Hafen sowie sein Schnellbootchauffeur, die von Hansen angeheuert worden waren, bekamen langjährige Haftstrafen. Hansen selbst bekam lebenslänglich.

Pjotr Molotow ist zum Judentum konvertiert und nennt sich jetzt Pjotr Maseltov. Er hat gelobt, seine Gabe nur noch zum Guten einzusetzen, und baut derzeit mit seinem Ersparten eine Feuerwerkskörperfabrik in Tel Aviv. Die deutschen Behörden wollen nicht glauben, dass Pjotr seine Gabe zum Bombenbasteln von nun an nur noch zum Guten einsetzen will und haben die Auslieferung beantragt. Das Verfahren ist noch anhängig.

Gunda hatte übrigens nicht gelogen, als sie seinerzeit in der Küche vollmundig versprach, kein Wort zu sagen. Sie sagte nichts. Zu niemand. Also, außer zu ihrem Neffen, meinem verräterischen Ex-Chef.
Sie schrieb allerdings. Und zwar die komplette Geschichte von mir und Ugo und Wong und der Insel. Denn Gunda ist Journalistin. *Der Fall Canoli – Die ganze Wahrheit*.
Selbst wenn Sie den Artikel in der überregionalen Presse verpasst haben sollten, dann haben Sie doch sicher eines der vielen Interviews gesehen, die sie Sendern aller Couleur gegeben hat. Zuletzt habe ich gehört, dass sie

auch ein Buch schreiben will. Die Filmrechte daran sind schon verkauft. Für die Rolle des Ugo Canoli ist Jan Josef Liefers vorgesehen. Oder Dirk Bach. Keine Ahnung. Ich kenne mich mit Schauspielern nicht so aus, für mich sind alle gleich.

Postscriptum

Wong und ich wohnen seit Kurzem zusammen in einer schmucken Dachgeschosswohnung mit Balkon. Südseite. Ich heiße jetzt Melisande Wagenkötter-Wong und bin glücklich. Bei uns ist es immer aufgeräumt und so sauber, dass Operationen am offenen Herzen problemlos im Bad wie auf dem Küchentisch möglich sind.

Aber ich musste lernen, dass Wong der Agent und Wong der Mann zwei verschiedene Paar Stiefel sind.

Wong der Agent springt bei nächtlichen Ruhestörungen wie ein Raubtier aus dem Bett, von null auf hundert in unter zwei Sekunden. Wenn ich aber Wong den Mann nachts anstupse und sage: »Du, der Hund muss raus«, gibt er ein schnorchelndes Geräusch von sich und dreht sich auf die andere Seite. Wenn ich ihm dann einen festen Schlag versetze, sagt er nur: »Lass mal, die Blase hält noch …« Und dann gehe doch ich mit Pascha vor die Tür.

Damit Pinkelpascha ein jahrelanges Tierheimleben erspart bleibt (wer adoptiert schon einen inkontinenten, bissigen Chihuahua), habe ich ihn – trotz Wongs Einspruch – adoptiert. Pascha und Emmerich verstehen sich blendend, wiewohl ich glaube, dass Pascha hin und wieder versucht, Emmerich zu begatten. Oder vielleicht verstehen sich die beiden gerade deswegen so gut …

Ich denke immer noch sehr oft »Idiot!«, wenn ich an Wong denke, aber ich denke es liebevoll.

Sehr liebevoll.

Ugos Rezept für Sanddorngrog

»Viel Sanddornesaft, viele heiße Wasser, ein Schusse Rum, isse fertig!«

Übersetzung:
Zwei Teile Sanddornsaft (wahlweise einen großen Esslöffel Sanddornmark) mit zwei Teilen heißem Wasser (für Wasserthermometerfreaks: exakt 61 Grad) und einem Teil Rum auffüllen. Ein Teelöffel Honig dazu (kann, nicht muss). Voilà!

Ugos Rezept für original italienische Pizza

»Rufst du Pizzalieferdienst an, bestellst du Pizza nach Art von Haus mit allem, gibst du großzügig Trinkgeld, wenn kommt, isse fertig und du könne esse. Perfetto!«

Danksagung

An dieser Stelle möchte ich einmal meinem wunderbaren Verlegerpaar danken, Heike und Peter Gerdes. Ihr haltet die Norddeutsche in mir lebendig!

Dank auch an meine Lieblingsjuister und -exjuister Sandra und Thomas. Und an die Insel natürlich: *quelle inspiration*! Darauf jetzt einen Sanddorngrog … Prosit!

Tatjana Kruse
Nur ein toter Maler ist ein guter Maler
Inselkrimi – Norderney
978-3-939689-26-3
8,90 Euro

Tatjana Kruse
Wie klaut man eine Insel?
Inselkrimi – Borkum
978-3-934927-96-4
176 Seiten, 8,90 Euro

Regula Venske
Bankraub mit Möwenschiss
Inselkrimi – Juist
978-939689-18-8
8,90 Euro

Regula Venske
Juist married
oder Wohin mit der Schwiegermutter?
978-934927-85-8
8,90 Euro

Sandra Lüpkes
Die Sanddornkönigin
Der Brombeerpirat
2 Inselkrimis – Juist, Norderney
978-3-939689-06-5
9,90 Euro

Peter Gerdes
Wut und Wellen
Inselkrimi
978-3-939689-34-8
9,90 Euro